AF400446

Le Code bleu

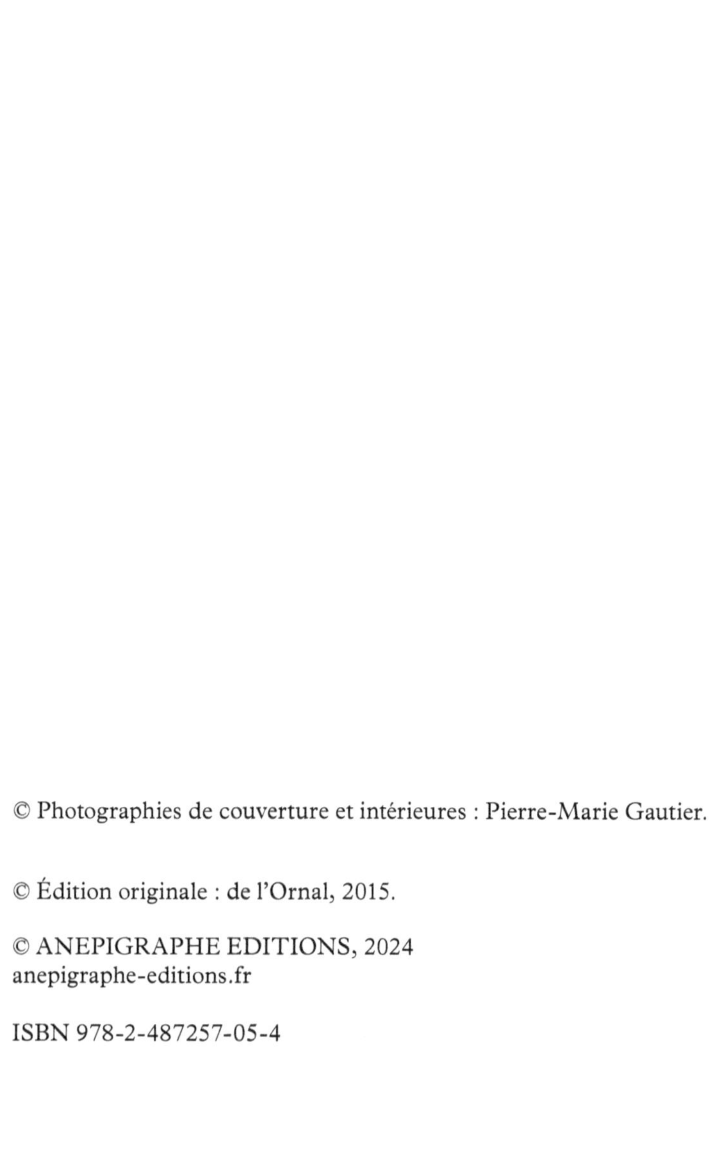

Andréa Menut

Le Code bleu

roman

Préface de
Christophe Bayard

Professeur d'Histoire-Géographie
Président de l'association Vive la Résistance
Vice-Président de la Fondation de la France Libre

Ce livre, *Le Code bleu,* écrit par Andréa Menut n'est pas seulement un roman.

Il est le livre tant attendu que peuvent un jour écrire les enfants de Déportés.

La place faite à l'imagination, normale dans ce type d'exercice d'écriture, ne nous empêche pas de ressentir et de comprendre beaucoup de choses.

Le sujet nous replonge dans un moment exceptionnel de l'Histoire de notre pays et dans l'un des chapitres majeurs de la Résistance locale.

Andréa Menut est la fille d'André Menut, grand Résistant, membre du réseau Hector, l'un des tous premiers mis en place dans notre région. Je souligne souvent le courage et la conscience magnifique des hommes et des femmes qui ont résisté dès 1940. André Menut faisait partie de ces pionniers, peu nombreux, qui très souvent n'ont pas vu la fin de la guerre.

Le réseau Hector, spécialisé dans le renseignement, est démantelé en 1942 suite à la trahison de l'un de ses membres. La suite est une terrible tragédie où s'enchainent les arrestations. André Menut, qui ne s'est pas caché pour éviter les représailles sur sa femme et sa fille, est arrêté sur son lieu de travail le 12 juin 1942. Déporté dans un « camp de la mort lente », il s'éteint à Natzweiller-Struthoff, des suites des sévices inimaginables infligés par les nazis, le 30 novembre 1943, à l'âge de 32 ans. Il est très important d'insister sur ces dates pour bien montrer à quel point l'action et le sacrifice des premiers Résistants ont permis à d'autres de poursuivre le combat et prennent ainsi une part essentielle dans la victoire finale.

C'est de l'honneur de notre pays dont il est question ici.

Andréa Menut a le droit d'être fière de son papa et de vouloir lui rendre hommage. Nous le considérons également comme un héros. C'est finalement cette admiration pour un homme qui a tant marqué sa vie que nous ressentons à chaque page de son livre.

Ce roman puise sa source dans l'histoire du réseau et le rôle occupé par André Menut. Il s'inscrit dans la suite de son action stoppée brutalement par son arrestation. A partir de l'histoire vraie de documents retrouvés par les Allemands sous la tapisserie de la chambre à coucher où ils avaient été cachés, le lecteur ne peut qu'être amené à faire fonctionner son imagination.

Si le contexte est historique, le décor est plus familial. L'ouvrage d'Andréa Menut nous plonge dans l'univers de la maison de ses parents avec toutes ses énigmes, autour d'un code et d'agents secrets britanniques. Les années ont passé et les petits-enfants y sont également mêlés avec beaucoup de tendresse.

Andréa Menut nous livre une grande part d'elle-même dans cet ouvrage. Fille de déporté, elle porte la mémoire de son papa disparu alors qu'elle n'avait que deux ans. La petite Andréa a été élevée naturellement dans le souvenir et l'hommage notamment au gré des cérémonies mémorielles auxquelles elle a pu prendre part dès son plus jeune âge. Malgré son absence, son père lui a légué un immense héritage moral, celui des valeurs de la Résistance, du courage, de l'honneur et du sens des responsabilités à l'égard de son pays. Les premiers Résistants ont payé très cher le prix de la liberté et leur engagement n'a pas été sans conséquences y compris sur leurs familles marquées elles aussi à jamais. L'impossible oubli de la Déportation est une épreuve supplémentaire.

C'est donc un parcours de vie pas comme les autres qui justifie l'existence de cet ouvrage.

Dans un style clair, précis et très imagé, l'auteur nous emmène dans une histoire captivante où la sensibilité artistique et l'ouverture aux autres sont également bien perceptibles.

Je terminerai en rappelant qu'en cette année où nous commémorons le 70ᵉ anniversaire de la Victoire finale contre le nazisme et la libération des camps, ce livre est un superbe hommage, au travers d'une histoire familiale, à ces combattants de la liberté, Résistants-Déportés, à qui nous devons tant.

Merci à Andréa Menut de l'avoir si bien fait.

À mes amours,
Sylvie et Babeth, mes filles
Marine et Alex, mes petits-enfants.

J'ai la chance de vous avoir,
vous êtes ma raison de vivre.

I

Diane avait achevé son aménagement. Les aller et retour Alençon-Mortagne l'avaient épuisée ; elle allait enfin pouvoir profiter de sa nouvelle maison... et se reposer.

Quelle idée avait-elle eue de vouloir s'installer, à son âge, dans l'ancienne demeure de ses parents !

Après le décès de sa mère, restée entre ces murs, Diane avait refusé que cette maison fût vendue. Trop de souvenirs s'y rattachaient, même si elle n'en possédait que très peu elle-même. Son père était mort en déportation, alors qu'elle n'avait que deux ans, en 1943.

Les indispensables travaux avaient duré dix-huit mois. Après la réfection d'une partie de la toiture, elle avait dû changer toutes les fenêtres vermoulues pour des doubles-vitrages.

L'installation électrique obsolète remise aux normes, l'installation d'une nouvelle douche, les murs repeints en blanc, complétaient le rez-de-chaussée.

La chambre de Diane donnait sur le jardin. Cette pièce de repos et de calme se caractérisait par un nombre impressionnant de livres, empilés sur une solide étagère installée sur toute la longueur de la pièce.

La porte-fenêtre s'ouvrait au sud, sur le jardin ; un havre de verdure, sans pelouse ni parterre savamment agencés... mais Diane adorait tout ce qui poussait là au printemps, les violettes odorantes, taches parmes au milieu des pâquerettes et des myosotis, le massif rond de lavande bourdonnant d'abeilles dès sa floraison., quelques rosiers, plantés par les hommes de la famille et les petits arbustes qu'elle affectionnait. L'arbre à perruque, son préféré, se paraît au printemps d'un duvet aérien vite envolé ; ses feuilles passaient du pourpre moiré de vert à l'orangé fulgurant, dès les premiers frimas. Un lilas blanc semblait vouloir caresser les vitres de sa chambre. L'hiver venu, elle y accrochait une petite maison de bois pleine de graines de tournesol et de boules de graisse, destinées aux multiples passereaux qui peuplaient son jardin, des mésanges bleues ou charbonnières, quelques huppées, cohabitaient avec les chardonnerets - espèce grégaire -, qui arrivaient par dizaines, les merles, et le rouge-gorge, ce dernier souvent solitaire, exception faite pour quelques pinsons et verdiers occupés à picorer les graines et snobant le misanthrope oiseau.

Du côté ouest, un céanothe aux fleurs d'un bleu rare, faisait miroiter ses petites feuilles vert sombre étincelant sous la pluie comme au soleil. Au fond du jardin, un cerisier, muet de blancheur au printemps, dispensait son ombre généreuse sur l'espace herbeux. Près de lui, un très vieux pommier, jamais traité, se couvrait en automne de fruits... véreux en totalité...

mais il était si joli au printemps, éclairé de ses bouquets roses !...

Cette maison de caractère était dotée d'un étage et d'un grenier. Le rez-de-chaussée étirait ses pièces de vie en enfilade ; la chambre de Diane, suivie de sa salle de bains, puis la cuisine ouvrant sur une véranda, d'un côté, de l'autre, d'un séjour flanqué d'un vaste salon où trônait le piano à queue, ce qui permettait d'éviter à Diane de monter au premier étage par obligation.

Ce dernier comportait trois chambres, dont celle de ses parents - la chambre bleue - au parquet de chêne ciré qui luisait doucement, patiné par le temps. Une large bibliothèque vitrée faisait face au grand lit à baldaquin, adossé au mur lambrissé de chêne sombre, faisant ressortir le bleu cyan des tentures qui entouraient le meuble et lui donnaient un charme désuet... et fou. Ce lit était une folie... sa mère en avait rêvé et son père avait réalisé ce souhait.

La tapisserie d'origine avait été remplacée par un revêtement blanc sur les trois autres murs.

Une table à tiroir et deux fauteuils crapauds violine complétaient le mobilier.

Deux autres chambres et une salle de bain confortable permettaient de recevoir enfants, petits-enfants et amis.

Un couloir étroit distribuait les pièces sur l'ensemble de l'étage. Au plafond, une trappe munie d'un anneau de métal rouillé laissait deviner un escalier escamotable.

Diane avait cherché, en vain, un manche muni d'un crochet, ou quelque chose d'approchant, pour visiter ce qu'elle savait être le grenier. Elle en avait parlé à sa fille aînée Margaud, lors de son aménagement, mais celle-ci lui avait fait comprendre qu'il était hors de question, si elle trouvait l'objet, d'envisager de grimper à l'échelle... Vu l'état de sa colonne vertébrale délabrée et ses problèmes de vertiges, l'escalade était déconseillée ! Elle avait soixante-douze ans, vivait seule, et savait qu'il était préférable d'éviter les chutes.

II

Diane était au piano. Elle travaillait l'avant-dernier Solo du Concerto n° 1 de Chopin. Elle reprenait chaque jour la partition difficile, de façon à s'en imprégner, conserver la technique et le doigté et tenter d'approcher la délicatesse du toucher des pianistes professionnels.

Elle avait pris des cours depuis son plus jeune âge, fréquenté le Conservatoire régional dès sa création, et rêvé faire une carrière de soliste. Son professeur l'avait inscrite à un concours organisé à Paris, salle Pleyel, lorsqu'elle avait seize ans. Face à l'immense Steinway, au jury tout de noir vêtu, au public qui remplissait la salle mythique, elle avait été saisie d'une panique plus proche de la terreur que d'un simple trac ! Elle n'imaginait pas devoir supporter cette horreur à chaque concert. À ce moment, elle avait renoncé au Conservatoire national qu'elle envisageait d'intégrer. C'était le regret de sa vie.

Elle n'avait jamais cessé d'étudier, de déchiffrer des partitions même difficiles, et c'était en amateur qu'elle assouvissait sa soif de musique, accompagnant parfois une violoniste et une chanteuse amies. Elle aimait par-dessus tout accompagner sa fille cadette Alexandra, violoncelliste au sein de l'orchestre philarmonique de Marseille, lorsqu'elle lui rendait visite, dans le Midi.

Diane savait qu'elle ne pourrait jamais égaler le jeu d'une pianiste professionnelle. Les longues heures passées à travailler la technique pure, les indispensables études de virtuosité lui faisaient défaut, mais elle se faisait plaisir et c'était déjà bien. Lorsqu'elle jouait, elle oubliait tout, entrait dans la musique et le temps n'existait plus...

Le téléphone la stoppa net. C'était Camille, sa petite-fille, une beauté brune de vingt-deux ans, fille unique de Margaud, la parisienne, aînée de ses enfants.

- Allo Madine ? Tu vas bien ? J'ai trois jours de congé, puis-je venir chez toi ?

- Tu arrives quand ?

- C'est possible vendredi prochain ? Et... je peux venir avec Thibault ? On est ensemble depuis trois mois, alors...

- Bien sûr, je vous attends... je vous prépare la chambre bleue, je sais que tu adores le lit à baldaquin !

- Yes ! Bisous Madine, à vendredi.

Diane était ravie, elle adorait Camille, malgré son caractère, disons... très affirmé, une person-nalité atypique, une jeune fille hyperactive, pleine de paradoxes, mais aussi de tendresse et de spontanéité. Au moins on ne s'ennuyait pas avec elle. Thibault faisait comme elle, des études vétérinaires. Ils travaillaient ensemble.

Le surlendemain, les jeunes gens étaient là ; ils avaient rapidement pris leurs repères dans la grande maison et investi la chambre bleue qui résonnait de leurs rires.

Depuis la veille, le chat de Diane, un russe bleu au superbe pelage d'un gris de payne, couleur de nuage, n'était pas reparu. C'était bizarre. Il était libre d'aller et venir, passait de la maison au jardin par la petite fenêtre grillagée d'une minuscule buanderie jouxtant la cuisine ; mais chaque jour, il rentrait pour manger, dormir, se faire câliner par Diane, et ronronner...

Elle finissait de ranger la vaisselle dans la cuisine lorsque Camille arriva, le chat dans les bras, ce dernier cherchant énergiquement à en descendre.

- Ah, mais... tu me griffes ! Allez va-t-en !

L'animal fila vers la sortie sans attendre.

- Madine ! Tu sais où je l'ai trouvé ton Alto ? Derrière le lit à baldaquin ! Il miaulait et je n'arrivais pas à le voir et soudain, il est sorti du mur !

La jeune fille s'apercevant de l'air ahuri de sa grand-mère, ajouta :

- Je t'assure qu'il est sorti du mur !

Diane se mit à rire :

- Sorti du mur ?... il devait être caché sous le lit !

- Non, je t'assure, il était dans un trou, derrière les rideaux ! Avec Thibault, on a réussi à tirer un peu le lit, super lourd le baldaquin ! Et là, on a vu sa queue qui dépassait, à vingt centimètres au-dessus de la plinthe, il semblait coincé dedans ; j'ai réussi à me glisser derrière le lit, et je l'ai attrapé par les pattes. Et voilà ! Mais il faudrait peut-être refermer ce trou-là ! Elle est bizarre cette ouverture.

- Une ouverture ?... dans le lambris ?... derrière le lit?

- Oui, un trou rectangulaire !

- Tu sais, Camille, je te l'ai raconté, c'est dans cette chambre que la Gestapo a trouvé des papiers, dont un code, cachés par ton arrière-grand-père sous le papier à tapisserie ; c'est là qu'il recevait l'agent de liaison anglais pour lui remettre les documents précédemment chiffrés.

- C'était peut-être dans ce trou-là qu'étaient cachés les documents ?

- Non. Je ne pense pas. Bien que mon père fût très mince, ce n'était quand même pas idéal de tirer cet énorme meuble chaque fois que l'agent anglais venait ! D'ailleurs je crois que lors de la remise en état des murs, la tapisserie était déchirée du côté gauche, plus accessible, bien qu'invisible si l'on ne s'approchait pas de la tête du lit. Ce que tu me dis m'intrigue, je vais monter avec vous, regarder de plus près. Je n'avais revu cette chambre qu'après les travaux de rénovation, les peintres avaient sans doute tiré légèrement le lit après l'avoir protégé, et remis en place en partant.

Un peu essoufflée après avoir grimpé les hautes marches, Diane entra dans la chambre et réprima une envie de rire, au vu de la quantité de vêtements et chaussures de Camille étalés sur le fauteuil, le lit et la table !... Ils attendaient d'être rangés dans une petite armoire de chêne massif assortie au bureau. Thibault, quant à lui, n'avait pas ouvert son modeste sac à dos...

Camille était la seule à pouvoir se faufiler dans l'espace restreint. Très menue, elle était cependant dotée d'une force inversement proportionnelle à sa stature. Thibault, solide garçon d'un mètre quatre-vingts, s'efforça, avec l'aide de la jeune fille, de tirer sur les montants du baldaquin. Après quelques efforts, ils libérèrent un espace suffisant pour Diane. Elle s'agenouilla pour visualiser le fameux trou dans le revêtement de bois.

C'était une ouverture carrée d'une quinzaine de centimètres environ, dont on ne pouvait évaluer la profondeur, mais le chat, lui, avait réussi à s'y loger en entier. Diane allongea son bras au maximum à l'intérieur et sa main heurta un objet métallique, une sorte d'anneau partiellement accessible, qu'elle s'efforça en vain d'attirer vers elle. Consciente de ne pas posséder la force nécessaire pour le faire, elle renonça.

Thibault prit sa place et arriva à faire bouger l'objet. En tirant de toute la force de ses doigts, il réussit à l'attraper entre le pouce et l'index. Un coffret rectangulaire apparut. Le jeune homme l'attira vers l'extérieur et le remit entre les mains de Diane. C'était une boîte en bois blanc, couverte de poussière et de divers débris. Un cadenas en sécurisait la fermeture.

Diane tenait la boîte devant elle, à deux mains, l'air égaré. Au bout d'un moment, elle sembla sortir d'un rêve et posa l'objet sur le bureau. Elle avait pâli.

Camille, silencieuse, regardait sa grand-mère avec inquiétude.

- Ça va Madine ?

- Oui ma chérie, ça va, ne t'inquiète pas. Je me demande seulement où est la clef du cadenas. Cette boîte doit contenir des choses importantes et je n'ai pas envie de la casser pour l'ouvrir ; je suis sûre qu'elle est liée aux activités clandestines de mon père.

Thibault ne disait rien, il avait un regard sidéré. Camille n'avait pas encore eu l'occasion de lui parler de l'histoire de cet arrière-grand-père, ce héros vénéré par Diane. Pendant longtemps, cette dernière ne l'avait connu que par ce que sa mère lui en avait raconté. Plus récemment, elle en avait appris davantage lors d'une conférence donnée à Mortagne par un groupe parisien de Résistants rescapés des camps. Ceux-ci avaient contribué à l'écriture de l'histoire du réseau auquel était affilié « Jacques l'aviateur », nom de code de son père.

- Madine, c'est dommage que nous partions demain, nous aurions pu t'aider à la chercher cette clef... à moins que tu ne souhaites faire cela toute seule ?

- Non ma petite fille, cela me fait plaisir que tu veuilles participer à cette recherche, ainsi que Thibault, bien entendu. Sans son aide, nous n'aurions jamais réussi à bouger le lit ni à sortir le coffret. Et c'est toi, ma Camille, qui a délogé le chat et découvert le trou dans le bois... vous rendez-vous compte les enfants ? C'est extraordinaire, non ? Je ne sais pas si maman était au courant.

De cette cachette, elle ne m'en a jamais parlé. L'histoire du code trouvé sous le papier à tapisserie, çà, elle le savait.

- Tu m'as parlé d'un éventuel stage dans un haras... Nous aurons davantage de temps, je vous attendrai. Nous allons devoir fouiller partout mais nous la trouverons cette clef ! Pour l'instant, venez manger, vous devez mourir de faim.

Camille et Thibault firent honneur au repas. Ils étaient excités, posèrent mille questions, firent maintes suppositions.

Diane, émue, avait le cœur qui s'accélérait, dans l'attente de jouer les détectives quelques semaines plus tard.

III

Après le départ de Camille et Thibault, la maison sembla bien vide. Ils avaient profité de leur court séjour pour prospecter quelques haras alentours, réputés pour la qualité de leurs chevaux. Désireux d'effectuer un stage dans le cadre de leurs études vétérinaires, ils avaient réussi à en trouver un, à quelques kilomètres de Mortagne, près de Bretoncelles, et le fait de pouvoir être hébergés par la grand-mère de Camille était un atout.

Cette dernière était enchantée à l'idée de les recevoir plus longtemps. Elle comptait bien résoudre, avec eux, l'énigme posée lors de leur séjour précédent.

C'était une femme aux idées très arrêtées et son jugement était parfois sévère sur le monde dans lequel nous vivons. Diane n'aimait pas ce deuxième millénaire. Elle regrettait les années 70-80, plus dures peut-être, avec davantage d'heures de travail, moins de facilités et de tentations de toutes sortes, mais moins superficielles et surtout tellement plus humaines.

Pour elle, l'omniprésence des médias, journaux télévisés, et surtout Internet était plus néfaste que bénéfique. Ils laissaient présager une société où personne n'aurait besoin des autres. Chaque foyer avait son ou ses ordinateurs, quant aux téléphones, de véritables petites merveilles de technologie dotées des jeux les plus sophistiqués, ils s'avéraient plus importants que la famille ou les amis.

Les enfants étaient accros dès leur plus jeune âge ; il était désespérant de les observer (même le matin de Noël !), le regard fixé sur leur écran, chacun dans son coin, n'envisageant pas une seconde de jouer ensemble à quelque jeu de société ou de se défouler à l'extérieur. Bien sûr, Internet était un outil extraordinaire qui permettait la diffusion de la « connaissance », l'information et la communication et il était inenvisageable de faire marche arrière... On pouvait tout acheter sur Internet, à des prix défiant toute concurrence, au grand dam des petits commerçants dont les boutiques fermaient inexorablement dans nombre de villes moyennes... Tôt ou tard, les rapports entre les humains disparaîtraient au profit des machines. Diane en avait la conviction...

La religion était également un domaine qu'elle abordait sans concession. Après des années de scolarité passées dans une pension religieuse, elle était devenue athée (ceci explique sans doute cela !). La lecture de *L'Origine des espèces* de Darwin l'avait ancrée dans la conviction que ni l'univers, ni l'être humain ne pouvaient avoir été créés, à son image, par un dieu tout puissant très bon, très juste... ou alors... il avait manqué son coup ! Il suffisait de constater ce qu'étaient devenus notre terre et ses habitants, les injustices, la cruauté des hommes, les uns possédant tout, les autres rien, les contrées déshéritées où les gens meurent de faim, où les femmes doivent parcourir des kilomètres pour aller chercher de l'eau, pendant que nous, pays dits «évolués», polluons, gâchons la nourriture, produisons pléthore de choses inutiles, détruisant la nature en un processus irréversible... Rien ne semble pouvoir arrêter ce désastre... tremblements de terre, tsunamis, ouragans, souvent pour les plus pauvres de la planète, comme par hasard... c'est juste cela ? De plus, elle était persuadée que sans toutes ces religions, il y aurait moins de guerres... Comment des idéologies religieuses, supposées parées de toutes les vertus, peuvent-elles générer des extrémismes générateurs d'attentats où femmes et enfants sont majoritairement tués ? Cette violence aveugle pourrait conduire à la destruction de notre monde civilisé ; les terroristes sont armés, prêts à utiliser tous les moyens, y compris les pires, afin d'éradiquer ceux qui ne partagent pas leur idéologie. Ils gagnent du terrain, telle une pieuvre aux multiples tentacules...

Les amies de Diane connaissaient ses convictions ; quelques-unes, catholiques pratiquantes, avaient bien essayé de la convertir... mais en vain ! Alors, la plupart étaient bien obligées de l'accepter telle qu'elle était, avec ses idées réactionnaires et définitives ! Elles étaient d'ailleurs assez intelligentes pour éviter d'aborder le sujet et tout se passait très bien. Et tant pis pour les quelques « grenouilles de bénitier », elles étaient minoritaires... il était facile de les éviter !

Ce qui était étrange, c'est qu'elle était persuadée de la survie de l'esprit (de l'âme pour les croyants) des êtres qui nous étaient chers, au-delà de la mort. Aussi longtemps qu'ils restent présents dans notre cœur, leur pensée ne peut disparaître. C'est l'oubli qui tue l'esprit. Point n'est besoin d'un Être supérieur pour entériner cette évidence : respecter les autres, aider et soutenir les plus fragiles, être présent si l'on a besoin de vous, n'implique pas obligatoirement d'aller à la messe le dimanche !

La laïcité devrait être un facteur d'ouverture d'esprit lorsqu'elle est avérée, mais encore faudrait-il qu'elle fût réellement appliquée pour être bénéfique, et ce n'est apparemment pas le cas.

Elle appréciait les livres de Michel Onfray. Après avoir découvert dans son *Traité d'athéologie* ce philosophe de talent, son admiration s'était accrue à la lecture de *L'Ordre libertaire* dans lequel il prend la défense d'Albert Camus, descendu en flèche par Sartre et Beauvoir et ce, malgré les nombreux détracteurs, et des journalistes pas toujours bien disposés à son égard ! Il faut avouer qu'il ne les épargne pas non plus, mais le philosophe ne connaît pas la langue de bois !

Plus elle avançait en âge, plus elle aimait les livres...

La presque totalité des membres de sa famille lisait. Sa mère, une amoureuse des belles lettres, avait inculqué cette passion à ses enfants. Elle-même avait relu Proust à quatre-vingts ans. Elle avait réussi à terminer *À la recherche du temps perdu* en totalité, avant qu'une DMLA progressive la prive d'une vue suffisante pour lui permettre de le *retrouver,* ce temps !

IV

Camille et Thibault étaient arrivés dès les premiers jours de juin. Ils dînaient et dormaient chez Diane, mais partaient tôt le matin. Le haras choisi par eux se situait en pleine campagne percheronne.

Ils avaient été chaleureusement accueillis par le couple de propriétaires et leur fils de dix-neuf ans. Ils étaient Anglais, parlaient bien un français agrémenté d'accent. Après avoir investi toutes leurs économies dans cet immense haras, ils en avaient fait l'un des plus réputés de la région.

Le haras comportait de vastes bâtiments aménagés pour accueillir plusieurs dizaines de chevaux. Outre les hectares de prairies soigneusement entretenues, et les enclos comportant les divers obstacles nécessaires aux concours hippiques, une longue piste aménagée menait à un bois dont les allées entretenues et ombragées offraient la possibilité de belles promenades, en toutes saisons.

Les chevaux étaient triés sur le volet.

Une grande partie d'entre eux était entraînée par des As de la discipline. C'était un joli spectacle que les voir dérouler leurs longues jambes sur les pistes.

Le haras était une ruche où s'affairaient une quantité de personnels aux tâches définies.

Les chevaux étaient choyés, nettoyés, brossés, étrillés et nourris par une quinzaine de lads ; ces derniers veillaient également à la propreté des box, d'autres s'occupaient des extérieurs, des tontes d'herbes, etc. Un vétérinaire était exclusivement attaché au Haras, ce qui était extrêmement rare, aidé, lors d'opérations difficiles, par une infirmière spécialisée. Des locaux clairs, aseptisés et appropriés étaient prévus à cet effet.

Le vétérinaire en question, avait largement dépassé la soixantaine. C'était un homme encore très solide, mince, tout en muscles, au visage buriné. Ses yeux très noirs étonnaient par leur douceur lorsqu'il s'occupait des chevaux. On voyait qu'il les aimait.

Malgré sa bonne forme physique, la connaissance parfaite de son métier et l'amour qu'il portait aux chevaux, il commençait à se fatiguer et savait qu'il lui faudrait « passer la main » dans un avenir plus ou moins proche.

L'arrivée de Camille et Thibault était une aubaine pour lui. Il avait hâte de partager son savoir avec les jeunes gens, de leur enseigner la façon de trouver le bon diagnostic, leur inculquer l'art d'approcher l'animal, de lui parler, le caresser et le rassurer pour pouvoir mieux le soigner. Et par-dessus tout, connaître les règles de sécurité essentielles pour éviter ruades et coups de sabots pouvant s'avérer dangereux, voire mortels.

Le vieux « véto » veillait sur le cheptel.

D'autres corps de métiers faisaient partie intégrante du haras. Un artisan du cuir s'occupait à l'année des selles, harnais, longes, rênes et autres articles indispensables.

Les travaux de maintenance extérieure employaient cinq personnes.

Le propriétaire et sa femme supervisaient l'ensemble du personnel et veillaient à la bonne marche de leur entreprise, aidés par deux secrétaires et un comptable. En raison du nombre impressionnant de visiteurs, ils s'assuraient que toute personne nouvelle entrant en contact avec les chevaux soit accompagnée, afin d'assurer sa sécurité et celle de l'animal monté.

Camille ne savait où poser les yeux. Elle était enthousiasmée et son désir de se spécialiser dans le traitement des maladies des chevaux, s'affirmait de jour en jour.

Le vétérinaire avait demandé aux jeunes gens de l'appeler par son prénom, Max. Son instinct le trompait rarement. Il détecta immédiatement la passion qui animait la jeune fille ; et envisageait l'idée d'en faire son élève privilégiée, de lui transmettre tout son savoir et... pourquoi pas, en faire sa remplaçante dans quelques années.

Camille avait hâte de travailler sous la houlette de cet homme, à la fois d'une compétence parfaite, passionné par son métier et humaniste de surcroît.

Il avait un contact spécial avec les chevaux, qui lui rappelait un film qu'elle avait aimé, *L'Homme qui murmurait à l'oreille des chevaux*. Cet homme était un «murmureur»... Il avait un don pour les rassurer, leur parler doucement à l'oreille. Il détectait leurs différentes pathologies, les manipulant avec calme et douceur. La peur abandonnait les animaux, la confiance s'installait et les soins n'en étaient que plus efficaces.

Camille trouva vite les gestes pour appliquer les pansements, préparer les onguents ou les médicaments. Pour les cas plus difficiles, elle s'efforçait de se concentrer pour caresser les naseaux frémissants tout en regardant attentivement officier le praticien.

Thibault quant à lui, effectuait son stage avec sérieux et intérêt, mais n'envisageait pas de se spécialiser dans cette activité équestre.

La journée passait vite. En raison du nombre important de chevaux, les « bobos » étaient multiples, même si la plupart n'étaient pas graves ; mais il fallait intervenir rapidement, sinon les infections ne tardaient pas à s'installer.

Malgré toutes les précautions et mesures de sécurité prises, les chutes étaient inévitables et certains cavaliers pratiquant notamment le saut d'obstacle, revenaient parfois sur une civière... Une infirmière assurait une permanence chaque jour, ainsi que deux pompiers... le bois étant présent dans tous les bâtiments.

La notoriété du Haras, le seul de cette importance, attirait de nombreux étrangers et la région en profitait. Des gîtes et chambres d'hôtes s'étaient installés à proximité de Mortagne, de ses restaurants, de sa Halle et de ses commerces. Cette petite partie du Perche commençait à prendre un air de renaissance, grâce au travail engendré par cette activité spécifique.

Ce mois de juin était fastueux. Après un printemps maussade, pluvieux et froid, la nature se réveillait et la verdure normande se paraît de couleurs. Fleurs et arbustes éclataient, se vengeant des mois frileux endurés.

Les champs de blé, de colza, les prairies en pente douce, couvertes de coquelicots et de marguerites, organisaient un patchwork brodé de taillis et de bois aux multiples variations de verts.

Camille et Thibault appréciaient la beauté du paysage à chaque aller-retour, depuis Mortagne jusqu'au haras.

La région parisienne était certes attractive pour des jeunes friands de mouvement, d'expositions et de musique, mais la douceur de cette campagne, sa paix, son charme réel, étaient nouveaux pour eux, et leur procurait un réel bien-être.

Diane sentait cette évolution dans l'attitude des jeunes gens. Ils étaient plus sereins, parlaient calmement de leurs journées de stagiaires, et c'était un bonheur de les voir si bien dans leur vie.

Camille devait rester une semaine de plus que Thibault. Il désirait se diversifier en effectuant un stage en région parisienne, à l'intérieur d'un cirque animalier.

La jeune fille devait rentrer plus tard, ce vendredi soir. Elle était reçue par le propriétaire du haras, afin de faire le point, avant d'entamer la seconde partie de son stage.

Elle se présenta à la porte de la belle demeure de Mr James Somerbird.

Elle était attendue et le gentleman anglais l'accueillit, un grand sourire aux lèvres.

- Entrez Miss, je suis heureux de vous connaître ! Max ne tarit pas d'éloges sur vous et c'est très agréable de trouver des stagiaires aussi efficaces et motivés.

- Merci Monsieur, c'est moi qui ai de la chance de travailler avec Monsieur Max. Votre haras est vraiment beau et les chevaux sont magnifiques.

Ils parlèrent une bonne demi-heure des chevaux, du travail vétérinaire et des multiples servitudes nécessaires à la bonne marche du Haras.

Comme Camille prenait congé, en remerciant son hôte, il ajouta, presque sans accent :

- J'ai de la chance d'avoir trouvé cet endroit. Le frère de mon grand-père, David Somerbird est venu dans la région au cours de la dernière guerre. Je crois qu'il faisait partie d'un service de renseignements... Ma grand-mère m'a simplement dit qu'il connaissait cette région et qu'il la trouvait belle. C'est pour cela que je suis venu prospecter dans le Perche.

- C'est drôle que vous me disiez cela ! Mon arrière-grand-père était un Résistant. Il était en contact avec un agent anglais, chargé de transmettre des renseignements sur les mouvements de troupes et de transports allemands dans le Perche.

- Ils auraient pu travailler ensemble ! C'est étonnant le hasard des rencontres ! Je me renseignerai pour savoir s'il est venu à Mortagne. Je vous tiendrai au courant.

En attendant, nous allons nous revoir une semaine encore. Nous sommes vendredi, profitez bien de votre week-end. Mon fils est en congé et viendra sûrement nous donner un coup de main. C'est un bon cavalier, le jumping le passionne et il a déjà obtenu plusieurs coupes... Quand le virus du cheval entre dans une famille, il n'en sort plus, ajouta-t- il en riant.

- Allez, je vous invite à faire un tour dans la propriété, vous êtes équipée pour monter, je vous choisis un bel alezan et nous y allons.

- Merci Monsieur, avec grand plaisir ! J'en avais tellement envie, depuis que je suis arrivée chez vous !

Ils parcoururent au petit trot les allées verdoyantes et ombragées, quelques prairies en pente douce et terminèrent au galop sur la piste d'entraînement.

Camille, ravie, de retour chez sa grand-mère, après s'être débarrassée de ses bottes et de ses vêtements équestres, s'empressa de raconter sa conversation de l'après-midi à Diane.

Ce pourrait-il que Sir Somerbird et l'agent anglais de Jacques l'Aviateur se soient croisés ou aient travaillé ensemble ?

Camille en était là de ses réflexions, lorsque Thibault descendit. Il avait commencé à préparer son sac à dos pour partir le lundi matin.

Diane les rejoignit dans le séjour et les observa, souriante :

- Les enfants... Pendant que Thibault est encore là, ça vous dirait de chercher la fameuse clef, celle qui devrait ouvrir le coffret que vous avez découvert avec moi ? Qu'en pensez-vous ?

- Je n'osais pas vous en parler, Madame, je serais si heureux de vous aider !

- Oh oui, Madine, depuis le temps que j'y pense, tu ne peux t'imaginer ! On s'y met demain !

V

Ils commencèrent leur recherche d'une façon logique, par le rez-de-chaussée, en raison des multiples possibilités de cachettes possibles.

Le garage, tout au bout du jardin, les occupa une bonne heure ; ils prirent le temps de fouiller une bibliothèque des années 70 dotée de tiroirs, des étagères où s'alignaient de grands sacs en plastique renfermant des objets hétéroclites ainsi qu'un panier à linge au rotin très abîmé par les pattes d'Alto et reconverti en coffre fourre-tout.

Rien, pas de clef susceptible d'ouvrir le cadenas de la boîte en bois.

Ils entreprirent la fouille des pièces en enfilade, qui donnaient sur le jardin, exception faite de la grande salle de séjour-salon, dont les hautes fenêtres donnaient sur la rue.

Les buffets de la cuisine et du salon ne révélèrent rien d'intéressant, même chose pour les différents tiroirs remplis de bricoles sans grand intérêt. Rien non plus dans la grande commode de merisier foncé destinée aux nappes, serviettes et éléments divers pour habiller et décorer la table.

Cela faisait près de quatre heures qu'ils cherchaient tous les trois et la fatigue commençait à se faire sentir. Diane ne tenait debout que par miracle.

- Je n'en peux plus les enfants, il faut vraiment que je me repose. Vous aussi devez être exténués !

- Je vais quand même faire un tour dans l'appentis du jardin, on ne sait jamais !, lança Camille.

- Alors, je vais avec toi, il doit y avoir des confitures, je vais en prendre pour demain matin.

L'abri de jardin bétonné contenait un congélateur, des instruments aratoires, de longues étagères où s'alignaient des pots de confitures, offertes en grande partie par les amies de Diane. Elle-même n'avait ni l'envie ni le temps pour ce faire. Dans un angle, une espèce de fagot de longs bois lisses était posé contre le mur, les branches élaguées devaient être destinées à servir de tuteurs pour les cassis et autres framboisiers... D'épaisses toiles d'araignées envahissaient le bâtiment. Diane, arachnophobe depuis toujours, ne s'attardait pas dans cet abri squatté par ces locataires à huit pattes, à la taille très impressionnante pour certaines ! Elle reculait déjà vers la sortie, lorsque Camille la retint par le bras :

- Madine, regarde, ce bois plus clair dans le coin, il y a quelque chose qui brille au bout !

Tout en évitant de toucher les épaisses toiles d'araignées, la jeune fille extirpa du fagot un long manche muni d'un crochet.

- Camille, tu as trouvé ce que je cherche depuis des mois ! Je soupçonne ta maman de l'avoir caché ici. Ma fine mouche de Margaud connaît mon aversion pour les araignées, elle savait que je n'examinerais pas de près cet endroit et sans cet instrument je ne pouvais pas monter au grenier ! Avec vous deux ici, je ne risque rien, nous allons donc pouvoir le visiter. C'est fini pour aujourd'hui, vous devez être très fatigués. Allons nous reposer.

Après une demi-heure de musique et après avoir fait honneur à la dînette de samossas, légumes et pétoncles faits maison, Thibault et Camille gagnèrent leur chambre, ravis de leur journée, mais fourbus tout de même. Diane leur enjoignit de faire une énorme grasse matinée, ce que les jeunes gens affectionnaient particulièrement. Ils savaient que le petit-déjeuner se transformerait en brunch aux alentours de onze heures trente ou midi ! Elle se promit d'en profiter, elle aussi, pour se reposer.

Comme Diane l'avait prévu, un silence parfait régnait dans la maison le lendemain, aux alentours de dix heures. Elle en profita pour cuisiner et mettre la table pour le petit-déjeuner tardif.

Elle se prépara tranquillement et se mit en quête du manche trouvé dans l'appentis, bien décidée à explorer le grenier. Apparemment il n'était pas en bas. C'était sa petite-fille qui l'avait rapporté dans la maison ; après tout elle l'avait sans doute rangé au plus près, dans le couloir du premier étage.

Diane monta sans faire le moindre bruit pour ne réveiller personne et quelle ne fut pas sa surprise de découvrir l'escalier escamotable descendu. Elle tendit l'oreille et s'aperçut que l'on marchait au-dessus d'elle.

- Les sales gosses ! Ils ont décidé de commencer à chercher sans moi, murmura-t-elle, en riant tout bas.

- Hé, là-haut ! Vous ne m'avez pas attendue ! Ce n'est pas sympa !

Une tête parut au ras de la trappe ouverte :

- Madine, on voulait que tu te reposes, tu étais si fatiguée hier ! Allez, viens, je vais t'aider, tu m'attends pour monter !

Tandis que Thibault descendait prestement et stabilisait les deux bras de l'escalier brinquebalant, Diane se mit à grimper les étroites marches de métal. Camille l'aida à franchir le dernier degré. Elle se trouva dans une vaste pièce, couverte d'un plancher de bois brut sur lequel s'appuyaient les poutres d'une solide charpente qui descendait le long des murs de pierre. Apparemment, cette pièce mansardée devait occuper toute la surface de la maison.

Quelques meubles plus ou moins abîmés, de dimensions modestes y avaient été entreposés ; ainsi que plusieurs valises ou petites malles aux fermetures cassées, contenant des vêtements, du linge de maison, des jouets, de la vaisselle ancienne, et des objets obsolètes. Des piles de livres empoussiérés s'élevaient, directement posées sur le sol.

Dans un coin de la souspente, une petite table munie d'un tiroir central semblait un peu moins vétuste que le reste. Elle était couverte d'objets hétéroclites : des livres rouges à l'écriture dorée remis à son père lors de distributions de prix dans son enfance, *Vingt mille lieues sous les mers*, *Le Capitaine Fracasse*, dédicacés et datés à la plume. Ils côtoyaient de petits fascicules de littérature classique, que Diane se promit de récupérer plus tard.

Camille découvrait les objets anciens, des trésors pour elle, retournait les tissus, pour voir ce qu'il y avait dessous, examinait les bibelots tandis que Thibault restait subjugué par l'immensité de la pièce, la charpente élaborée, la solidité du parquet de bois clair.

La jeune fille rejoignit sa grand-mère près de la table et ouvrit le vaste tiroir. Il était entièrement rempli de partitions appartenant au grand-père de Diane, père de Jacques l'aviateur, un musicien, qui avait fait partie de la Société des Auteurs dans les années 1900. Il avait joué du bugle dans un orchestre dépendant de la Marine, et s'était reconverti au piano, après avoir contracté la tuberculose pendant la guerre de 1914. Il était mort de cette maladie en 1918.

Les yeux brillants, elle tenait les feuillets jaunis, écrits à la main. Sa grand-mère paternelle lui avait parlé de ces partitions mais apparemment, elle ignorait que les originaux fussent ici.

Diane sortit le paquet impressionnant par le format et l'épaisseur, et tira sur les côtés du tiroir pour le vider.

Lorsqu'elle le retourna, un objet tomba sur le sol : une petite boîte ronde de quatre ou cinq centimètres de diamètre, en palissandre foncé dont elle réussit, après quelque difficulté à dévisser le couvercle. Elle contenait seulement une petite clef en métal doré. Diane la saisit et la montra aux jeunes gens. Tous trois se regardèrent, un grand sourire aux lèvres et les yeux pleins d'étoiles.

Diane était certaine que cette clé ouvrait le cadenas du coffret de la chambre bleue.

Avec précaution, elle descendit après Camille et Thibault. Ce dernier referma la trappe en s'aidant du bâton à crochet.

Diane avait rangé le coffret blanc dans son armoire. Elle l'en sortit et le cœur battant, le posa sur la table de la salle de séjour. Les jeunes l'avaient suivie.

– Camille, tu veux essayer d'ouvrir ?

– Oh, merci Madine, oui bien sûr.

La jeune fille était très émue. Elle prit la clé et l'inséra sans difficulté dans la serrure du cadenas qui s'ouvrit.

Trois paires d'yeux scrutaient l'intérieur du coffret. Camille en sortit un carnet bleu assez épais, qu'elle remit à sa grand-mère : une suite de chiffres inscrits à l'encre de chine. Ils avaient viré du noir au marron plus ou moins foncé, au cours des années, mais tous restaient lisibles, écrits de la main de son père, Jacques l'aviateur.

Au fond de la boîte, pliée en quatre, restait une feuille de papier d'un bleu plus clair que celui du carnet. Diane la déplia, et se mit à lire :

Dès que parut la fille du matin, l'Aurore aux doigts de rose, le fils chéri d'Ulysse s'élança de sa couche et vêtit ses habits ; il mit son glaive aigu autour de son épaule, attacha sous ses pieds luisants de belles sandales et sortit de sa chambre. On l'eut pris pour un dieu en le voyant sortir.

- On dirait un poème ancien, c'est très beau !

- Oui, Camille, c'est un poème ancien, et comme il s'agit d'Ulysse, je pense que l'auteur en est Homère. Pour ce qui est de l'œuvre... peut être *L'Iliade* ou *L'Odyssée*, mais plutôt *L'Odyssée*, si ma mémoire est bonne. *L'Iliade* parle plutôt de la Guerre de Troie et le « fils chéri d'Ulysse » serait bien Télémaque.

- Comment peux-tu te souvenir de tout cela, Madine ? s'exclama Camille.

- J'ai étudié les lettres classiques, et c'était au programme, c'est tout ! De plus, j'adorais Homère... apparemment, mon père aussi ! Les enfants, je crois que l'on vient de trouver un code... Le CODE, celui que l'agent anglais n'a pas signalé à la Gestapo lors de son arrestation, mais qui était connu des membres du réseau, puisque les rescapés ont fait mention d'un second code non trouvé par les Allemands. Sachant qu'il était dénoncé, mon père avait eu l'intelligence de le cacher dans un endroit plus difficile à découvrir. Peut-être a-t-il pu l'utiliser avant son arrestation pour crypter des documents susceptibles d'intéresser Londres, qui sait ? L'agent anglais n'a jamais été retrouvé, on l'a fait passer pour mort, sa tête était mise à prix, mais Londres avait besoin de lui ; apparemment, il était impliqué dans le réseau de Caen... Peut-être s'est-il servi de ce code avant de disparaître dans la nature ? C'était un agent secret qui jouait sur les deux tableaux. En fait, il a été exfiltré par des membres du réseau et nul n'a plus entendu parler de lui. De toute façon, il serait très compliqué de décrypter les chiffres du carnet, trouver la clef pour le faire relève de spécialistes du renseignement, et…

- Peut-être pas !, la coupa Camille. Et si ton père avait inventé ce code ?... Il faudrait retrouver le livre ; avec le passage que tu as lu, c'est sans doute possible, la lettre concerne peut-être un message qui n'a jamais été envoyé ?

- Là ma chérie, c'est de la science-fiction ! Soixante-dix ans se sont écoulés et cela n'a plus beaucoup d'importance maintenant… Elle sourit et murmura… sauf pour nous…

À table les enfants ! Votre « petit-déjeuner » risque de se transformer en dîner !

VI

Depuis la découverte du carnet bleu, Diane réfléchissait. Comment pourrait-elle découvrir si le code avait été utilisé, et si oui, pour quels documents ? Comment le décrypter ? Les quelques lignes tirées de *L'Odyssée* n'éclairaient pas le mystère... loin de là ! Qui serait capable de traduire les chiffres alignés dans le carnet ?

Elle cherchait dans ses connaissances... Qui serait susceptible de l'aider, tant du point de vue historique, que de celui des cryptages utilisés dans les années 40 ?

Quelques mois passèrent durant lesquels Diane acquit la certitude qu'elle devait poursuivre sa quête. Elle commença par rechercher *L'Odyssée* d'Homère afin de lire la totalité du « chant » retranscrit partiellement près du « Code bleu » - c'était le nom qu'elle lui donnait désormais.

Elle savait le livre rangé dans sa bibliothèque mais parmi les centaines d'ouvrages, c'était un peu compliqué de le trouver. Sa logique de rangement étant pour le moins fantaisiste.

L'un des rayonnages de la principale bibliothèque, dans le séjour, comportait un certain nombre de livres anciens, essentiellement des « classiques » : Balzac, Victor Hugo, Voltaire, Corneille, Molière... plus haut

Descartes cohabitait avec Diderot, Pascal et... Michel Onfray ; elle avait même inséré *La Peste* d'Albert Camus à côté du philosophe... logique !

Elle repéra enfin la couverture marine et or du vieux livre et le sortit de l'étagère.

Diane avait récupéré cet ancien ouvrage dans la bibliothèque de sa mère.

Machinalement, elle tourna les quelques pages blanches du début et s'arrêta net : sur la troisième, après le rappel du titre, figurait une dédicace. Elle reconnut la belle écriture de sa grand-mère paternelle et découvrit le texte rédigé à l'encre bleue.

Pour toi, mon cher fils, pour tes seize ans. Ton père composait de la musique, moi je n'ai que celle des mots, écrits par Homère, à t'offrir avec ma tendresse. Signé : *ta maman.*

Diane se mit à lire le Chant II, puis le III... Après deux heures d'une lecture attentive, elle referma *L'Odyssée*. Rien n'indiquait un rapport quelconque avec le code numérique découvert, malgré les premières lignes du poème écrites par son père.

Il faisait un temps magnifique en ce début de juin. Le jardin respirait par tous ses pétales et ses feuilles. Un bourdonnement heureux d'abeilles s'élevait du céanothe couvert de fleurs d'un bleu somptueux.

La vieille dame adorait les abeilles. Margaud, qui s'adonnait à l'apiculture dans son immense jardin, la grondait parfois, trouvant qu'elle s'approchait bien trop près des ruches et risquait de se faire piquer ! Sa mère lui rétorquait :

- Je n'ai pas peur donc je n'émets pas de phéromones nocives et les abeilles le sentent… Elles ne me piqueront pas !

- Tu verras bien quand l'une d'elle se prendra dans tes cheveux ! Je parle par expérience !

Diane se promenait entre les arbustes... elle murmurait machinalement les mots de sa grand-mère... « ton père composait de la musique... ». Décidément, cette dédicace lui plaisait infiniment. Ce rapport à la musique qu'elle aimait tant. Son père avait joué du violon pendant une dizaine d'années... la musique du grand-père, le Chant d'Homère...

Les partitions ! Mais oui, les partitions ! Elle les avait laissées dans le grenier ! Elle ne se souvenait pas les avoir rangées après la découverte de la clef.

« Je dois les récupérer ; je ne dirai rien aux filles ni à Camille, j'ai l'intuition que la dédicace peut avoir un rapport avec les lignes écrites par mon père ; même si ce n'est pas le cas, j'aimerais en avoir le cœur net et ne pas passer à côté d'un indice. »

Le temps avait passé. Après le premier stage effectué l'année précédente au Haras, Camille devait revenir dans une quinzaine de jours, seule cette fois, pour rencontrer le directeur du Haras. Ce dernier l'avait contactée et lui offrait du travail pour tout l'été.

Diane n'avait pas envie d'attendre la venue de sa petite-fille...

L'après-midi était déjà bien entamé, lorsqu'elle se décida.

Elle retrouva le long manche à crochet qu'elle avait pris la précaution de ranger au garage, et monta au premier étage.

Elle réussit, après quelques efforts infructueux, à accrocher la poignée de la trappe, et, tirant de toutes ses forces, à faire descendre l'escalier, ou plutôt l'échelle, dans un grand bruit de chute métallisée.

Elle en jugea la hauteur et surtout l'à-pic... et s'engagea degré après degré, s'accrochant de toute la force de ses mains (enfin, ce que lui en laissait l'arthrose...).

Stabilisée sur la dernière marche, elle attrapa le pied d'un lourd fauteuil Voltaire installé sur la droite, tout près de l'ouverture. Elle réussit à se hisser, s'agenouilla, saisit l'accoudoir du siège et se retrouva debout, un peu étourdie, mais très satisfaite de cette victoire sur elle-même.

Elle embrassa du regard l'ensemble du grenier : la table au tiroir entreouvert était là, sous ses yeux. Elle ouvrit largement celui-ci et découvrit le tas de partitions. Elle les avait remises machinalement à leur place avant de redescendre en compagnie de Camille et Thibault.

Diane récupéra le paquet de feuilles en vrac, couvertes de portées et de notes de musique manuscrites. Il devait y en avoir une cinquantaine, d'un format supérieur à la moyenne.

Elle avait besoin de ses deux mains libres pour descendre par l'échelle-escalier et le paquet de feuilles volantes était trop encombrant. Elle se mit en quête de solutions pour l'empaqueter. Elle avisa sur une étagère, une boîte à biscuits, pleine de ficelle, raphias, et autres liens possibles. Un grand ruban bleu marine était enroulé et devait mesurer plus de deux mètres de longueur. Elle s'en saisit et entreprit de confectionner, avec les partitions, un paquet solidement ficelé. Elle laissa libre le reste du ruban qu'elle tint fermement. Elle allongea au maximum ses bras hors de la trappe et laissa tomber le paquet à plat sur le plancher.

Diane avait hâte de regagner la sécurité parquetée du couloir. Après avoir précautionneusement effectué un demi-tour, elle amorça la descente de l'escalier escamotable et réussit à poser son pied droit sur le premier degré ; doucement elle atteignit la moitié des marches. C'est alors que tout se mit à tourner. Elle s'efforça, en serrant les dents, d'achever sa descente. Il lui restait une marche ; elle lâcha prise en se retournant et se retrouva par terre, à genoux... une fois de plus !

Ses vertiges recommençaient, comme de plus en plus souvent depuis quelques mois, d'une violence telle qu'il lui était impossible de se déplacer, y compris dans sa maison, sans devoir se tenir aux murs ou aux meubles susceptibles de l'aider à se mouvoir. Après le diagnostic de problèmes neurologiques aggravés par l'état de ses vertèbres cervicales délabrées, Diane en avait pris son parti : elle devrait « faire avec », selon l'expression pleine de sagesse qu'elle employait volontiers.

C'était la quatrième chute en peu de temps et ses genoux « arthrosés » commençaient à en avoir vraiment marre et le lui faisaient sentir ! Elle s'accrocha aux montants de l'échelle et se remit lentement debout. Elle ne s'était rien cassé, c'était déjà cela ! Mais ses jambes avaient du mal à la porter ; et ce couloir qui tournait, tournait et lui donnait la nausée !

Elle se souvint avoir déposé une plaquette de « tanganil », médicament spécifique contre les vertiges, dans la table de nuit de la chambre bleue, au cas où ! Hé bien, c'était le cas ! En s'appuyant contre le mur, une main après l'autre, elle réussit à ouvrir la porte, se lança pour attraper un montant du baldaquin, et s'affala sur le lit, épuisée. Elle reprit son souffle, cela tournait toujours... et s'empara des médicaments. Elle en croqua deux, sans eau pas question de les avaler. Un goût horrible bien sûr ! Puis elle resta immobile, attendant qu'ils fissent effet. Elle fermait les yeux pour endiguer la nausée qui montait avec cette ronde folle, et s'efforça de respirer le plus lentement possible, afin de se calmer.

Elle s'endormit sans en avoir conscience, tout habillée, sans avoir dîné. Le lendemain, le jour était levé depuis longtemps lorsqu'elle s'éveilla ; elle était encore un peu étourdie, mais cela n'avait rien à voir avec la veille. Les médicaments avaient fonctionné.

Au ralenti, elle se mit en position assise, se releva en se tenant aux montants du baldaquin, sortit dans le couloir et, une main contre le mur, ramassa le paquet de partitions resté à terre.

Elle laissa l'escalier escamotable en l'état et rejoignit le rez-de-chaussée en s'accrochant à la solide rampe et aux barreaux de chêne de l'escalier, qui lui sembla bien confortable à côté de celui du grenier.

Elle déposa le paquet de partitions sur le couvercle fermé du piano à queue, avec d'autres morceaux de musique, se promettant d'étudier cela à tête reposée. Après un solide petit-déjeuner, elle regagna sa chambre, reprit des médicaments - accompagnés d'eau cette fois - et se mit à lire, confortablement installée dans son fauteuil. Elle ne s'affolait pas, n'appela pas son médecin, elle savait qu'il lui faudrait deux jours entiers de repos pour se remettre, et reprendre le cours normal de ses activités, sans oublier de remonter l'escalier escamotable...

Il faut dire qu'au cours des années précédentes, à la suite d'une rotation malencontreuse de son cou, elle avait souffert durant huit longs mois, de névralgies cérébraux-brachiales. Elle avait couché sa souffrance par écrit, afin d'évacuer le stress lié à ces douleurs lancinantes qui ne lui laissaient aucun répit.

Elle reprit son carnet et retrouva ses mots :

« La douleur... Cette ennemie intime...

C'est un animal tapi au fond de vous-même ; une bête insidieuse qui ne vous lâche pas.

Sur l'échelle de 1 à 10, elle évolue selon sa propre loi. Entre 1 et 3, on l'apprivoise, c'est presque une amie, on la dorlote, on vit avec elle, mais on fait ce que l'on veut faire, et même, on l'oublie.

Entre 4 et 7, la douleur se fait présente. Elle s'affirme, ne veut pas que l'on puisse l'oublier. On la gère, tant bien que mal, on veut continuer à travailler, à se consacrer à son loisir favori, celui qui vous fait très mal, mais auquel vous ne voulez pas renoncer, comme jouer du piano... vous sentez le pieu qui vous lacère le dos, là, sous l'omoplate, comme une lance, et puis, quelques instants plus tard, alors que vous commencez à converser avec Mozart, une vrille s'installe sous l'aisselle et se diffuse dans l'ensemble de votre bras (le droit bien sûr !), comme un serpent qui siffle avant d'arriver jusque dans vos doigts, en fourmillements électriques, après cet éclair dans le coude... Alors on laisse Mozart, on berce son bras dans la main de l'autre, celui qui n'a pas mal, le veinard... et l'on allume la télé, pour avoir n'importe quoi à écouter, on s'installe dans son fauteuil, pour tenter d'oublier tout cela.

Et puis, il y a la grande, celle qui se situe à 9, $9^{1/2}$ et 10, celle qui vous empêche de penser à autre chose, qui vous prive de tout ce qui vous intéresse, celle qui vous fait oublier qu'il y a pire, que d'autres souffrent sur une échelle de 10 à 20 avec des maladies mortelles et que vous... vous pouvez vivre durant des années avec elle. Et c'est à ce moment que l'on prend ces merveilleuses pilules et ces adorables comprimés qui vous soulagent pour deux ou trois heures et tant pis si vous oubliez une poêle huilée, mais VIDE sur le gaz allumé, que vous cherchez vos clefs pour les retrouver au bout d'une heure, au frais dans le FRIGO ! Tandis que la machine à pain travaille, lestée de farine, de graines bios... mais SANS LEVURE... (consistant le pain !) Et la liste n'est pas exhaustive mais voilà, cette foutue colonne vertébrale, elle peut vous supporter longtemps avant de vous larguer dans un fauteuil roulant ! Alors, hardi petit ! Sus à la douleur ! »

Diane s'était libérée en mettant noir sur blanc sa souffrance.

Maintenant, c'était autre chose, ces vertiges énormes, pas vraiment douloureux, mises à part les nausées liées au tournis ! Comme si l'on était dans le «grand huit», manège qu'elle avait expérimenté dans sa jeunesse ! Le Prater de Vienne se souvient encore de ses hurlements !

Dans la mesure où elle pouvait vaquer à ses occupations et se livrer à ses passe-temps favoris, Diane acceptait avec philosophie ces épisodes désagréables et assez stressants pour une personne seule, estimant qu'à son âge, il était normal d'avoir à supporter quelques ennuis de santé.

Elle se rendit dans son jardin. Une linotte mélodieuse y donnait un concert... Elle possédait un répertoire étonnant et Diane s'émerveillait de la pureté et de la puissance des sons émis par le minuscule bec de l'oiseau perché sur son toit.

Elle s'essaya (en vain !) à siffler pour lui répondre, mais elle n'avait pas hérité, à son grand dam, du talent de sa mère, qui sifflait comme un rossignol, et ravissait la famille ou les amis en fin de repas, en interprétant « le chant indou » ou autre morceau de bravoure aux notes très élevées. Elle avait conservé ce don jusqu'à son grand âge.

Diane se mit à songer à la pile de partitions dormant sur son piano... elle eut un soupir découragé : « Ce n'est pas maintenant que je vais me mettre à consulter cette musique. Après tout, rien ne presse vraiment, et ma petite-fille va bientôt revenir. »

VII

Camille, au volant de sa petite voiture, serpentait dans les sinuosités du Perche. Elle adorait voyager au milieu de ces collines aux flancs verdoyants et doux, bordés de prairies, de bosquets et de massifs forestiers. Leurs teintes mélangées offraient l'apparence d'un tableau impressionniste.

L'après-midi bien avancée paraît le tout d'une lumière dorée, dotant d'une harmonie intrinsèque les ombres portées de feuillages aux découpes savantes, de troncs longilignes ou de haies compactes ; tout semblait dessiné au fusain, en miroir aux réelles couleurs.

La jeune fille aimait de plus en plus cette région qui la reposait de la vie parisienne.

Elle arriva chez sa grand-mère et, passées les effusions et questions mutuelles, toutes deux se rendirent au jardin. Diane y avait dressé une table, juste assez spacieuse pour elles deux et leur léger dîner.

Après la dégustation d'un macaron aux framboises, spécialité d'une boulangerie locale, elle entra dans le vif du sujet :

- Tu sais, Camille, j'ai récupéré les partitions de mon grand-père... celles qui étaient dans un tiroir, au grenier.

- Madine, tu sais parfaitement que tu ne...

- Je sais, j'ai fait très attention... et je suis entière que je sache, alors tu ne râles pas !

D'un geste, elle interrompit toute protestation de sa petite-fille. Elle repensa à l'épisode de vertiges qui avait accompagné cette ascension... et se garda bien d'en parler à Camille.

- J'ai posé le tas de feuilles manuscrites sur le piano ; j'envisage de les déchiffrer et de les observer de très près. Je suis persuadée, je ne sais d'ailleurs pas pourquoi, qu'un lien existe entre cette musique et le Code bleu. C'est peut-être idiot ! En fait, je ne sais même pas ce qu'il y a lieu de chercher dans ces compositions musicales. Elles avaient tout de même valu à ce grand-père de faire partie de la Société des Auteurs dans les années 1900 ! Ce sont des airs de musique légère, un peu - ou parfois beaucoup ! - désuètes aujourd'hui, je te l'accorde, mais cela peut être intéressant. Je t'ai parlé de la dédicace faite par ma grand-mère sur *L'Odyssée* offerte par elle à mon père ?

- Oui, Madine, d'accord, on s'y met demain ! Cela me plaît beaucoup cette histoire de code, de tiroir où l'on trouve une clef qui ouvre un coffret caché dans un trou !... Depuis le début, c'est comme un jeu de piste mais en vrai ! On essaiera de trouver ce que tu cherches. Après, je vais travailler au Haras et ne rentrerai que le soir, nous aurons moins de temps.

- Mais, ajouta-t-elle, en ouvrant ses grands yeux noirs aux reflets dorés d'un air réprobateur, tu aurais dû m'attendre pour descendre ces partitions du grenier, ce n'est pas sérieux Madine, avec tes os tout foutus ! Tu fais des bêtises, et si maman savait cela...

- Mais elle ne le saura pas, assena Diane d'un ton péremptoire.

- D'accord ! Je ne dirai rien mais... tu es une sale gosse Madine ! Mais je t'aime !

Sur ces mots, elle prit le visage de sa grand-mère entre ses mains, et lui colla un énorme bisou sur le front. Puis, elle s'enfuit, hilare, vers la chambre bleue, afin d'y ranger ses affaires.

Le lendemain, après une grasse matinée confortable et un solide petit-déjeuner, plein de papotages et de rires, Camille avait avisé sa grand-mère, que « Thibault et elle, c'était fini ». Bon, après tout, à même pas vingt-trois ans, on a le temps pour faire son choix et expérimenter un peu la vie, ce qui n'était pas le cas à l'époque de Diane... On se mariait jeune, sans expérience, vierge de préférence, quitte à le regretter plus tard... mais autre temps, autres mœurs, pensait Diane en souriant.

Elles se lancèrent dans l'« épluchage » des partitions, ne sachant, ni l'une ni l'autre ce qu'elles cherchaient.

Les titres des compositions étaient très variés, parfois très courts, parfois c'était une phrase : *L'Endormie, Vent d'automne, Ode en Ré, Ondine...*, etc.

Diane jouait certaines mélodies, déchiffrées au hasard. Plusieurs se révélaient vraiment jolies, même typées 1900 !

Elle tournait les pages doucement, se demandant si elle ne perdait pas son temps et celui de Camille, à puiser ainsi dans le passé.

Elle suspendit son geste et s'arrêta sur une partition plus abîmée que les autres, comme lorsque l'on étudie longuement un morceau difficile.

Le titre la fit sursauter : *Aurore, la fille du matin.*

- Camille ! Regarde le titre ! Cela ne te rappelle rien ? Attends...

Elle s'absenta quelques instants et revint avec le coffret où dormait le Code bleu.

Elle en sortit la feuille rédigée par son père et lut : *Dès que parut l'aurore aux doigts de rose, la fille du matin...*

- Ce sont les mêmes mots, arrangés différemment, c'est étonnant, tu as raison Madine. Joue le morceau !

Diane entreprit de déchiffrer la partition, mais contrairement aux précédentes, cela lui sembla difficile et étrange. On aurait dit de la musique très contemporaine, avec des dissonances, des mesures sans queue ni tête. Cela se rapprochait plus de Stravinsky et Lalo que des compositeurs de l'époque.

Elle étudia de plus près la partition. Elle n'avait qu'une faible connaissance de l'Art de la Composition, dans ce qu'elle avait de technique et professionnel, mais elle se rendait compte des anomalies. En tête de la portée, après les clefs de sol et fa, ne figurait aucune altération ; par contre, des bémols, des dièses et des bécarres intempestifs jalonnaient les trois pages.

- Je ne sais pas ce que mon grand-père a fabriqué, mais ou il était ivre quand il a composé çà, ou... c'est une composition qui a été trafiquée ! Regarde, Camille, l'encre est différente, et les notes ne sont pas du tout comme sur les autres partitions, elles sont bien plus rondes et on a l'impression que c'est un apprenti musicien qui a rédigé cela. Je n'y comprends rien !

Elle glissa les pages du morceau étrange dans une chemise plastifiée et la rangea dans son armoire, sous le coffret de bois blanc.

Camille, voyant sa grand-mère passablement énervée, lui proposa une promenade en voiture dans les forêts avoisinantes. Nanties d'un pique-nique, elles passèrent la journée à l'ombre des chênes, des bouleaux, des hêtres et autres essences.

Elles n'éternisèrent pas la soirée, contrairement à leur habitude de noctambules. Camille devait se présenter au Haras le lendemain à huit heures.

VIII

Dès le premier jour, Camille fut opérationnelle. Monsieur Max avait pris une dizaine de jours de congés. Il était très fatigué.

Un cheval était mal tombé lors d'un franchissement d'obstacle en fin de matinée, et s'était blessé assez gravement.

La jeune vétérinaire avait bien diagnostiqué la blessure. Avec l'aide d'un lad, pour tenir l'animal, et de l'infirmière responsable du haras, elle réussit à anesthésier et soigner la bête blessée.

Très vite, le cheval put se relever, sa jambe bien protégée et tenue fermement. Il resterait au calme et se passerait de cavalier le temps de se remettre.

Monsieur Somerbird aimait ses chevaux et ne voulait pas les voir souffrir, quel qu'en soit le prix.

Camille appréciait cet état d'esprit. Elle avait travaillé dans plusieurs endroits au cours de ses études et pu constater que de riches propriétaires n'hésitaient pas à euthanasier leurs animaux, uniquement pour des questions de rentabilité, alors qu'il eût été possible de les soigner. Elle trouvait cela écœurant.

Elle achevait de se changer, ôtant blouse blanche et gants, lorsque le directeur arriva dans l'infirmerie.

Il était accompagné de son neveu, Peter, un gaillard de vingt-huit ans, féru de concours hippiques et résidant en Angleterre. Il vivait dans une région verdoyante elle aussi, à proximité de Basingstoke, où ses parents possédaient un ravissant cottage aux dépendances impressionnantes. Ils en avaient fait une maison d'hôtes dont la réputation dépassait les frontières anglaises.

James Somerbird était très proche du fils unique de son frère John. Il l'invitait chaque année durant les mois d'été et Peter s'entendait bien avec son cousin Harold, tous deux adeptes des sports équestres.

John était un artiste céramiste et sculpteur. Son atelier jouxtait le cottage. Cette immense pièce, d'une quinzaine de mètres de long, se divisait en deux et servait, d'un côté, à la création des objets, et de l'autre se transformait en galerie d'art et en magasin de vente.

Les résidents des chambres d'hôtes repartaient la plupart du temps chargés de poteries et sculptures de pierre. Une galerie de peinture londonienne avait récemment contacté John pour exposer ses créations et les commercialiser.

Peter pouvait s'adonner à sa passion pour le sport équestre et poursuivre ses études d'architecture dans un établissement privé.

Le jeune homme tendit à Camille une main franche, accompagnée d'un large sourire. Camille le lui rendit, un peu intimidée ; il était blond avec un visage viril un peu taillé à la serpe, mais éclairé par de magnifiques yeux verts.

Il parlait un français parfait, sans accent. « Ouf, se dit Camille, je ne vais pas avoir à me ridiculiser avec mon accent anglo-parisien ! »

La jeune fille maîtrisait la langue de Shakespeare, mais effectivement elle avait un charmant petit accent « made in France », adoré du reste par les Anglais qu'elle était amenée à rencontrer.

- Peter, je te présente Camille, notre vétérinaire intérimaire. Je suis sûr que vous vous entendrez bien. Tu pourrais lui donner un coup de main pour tenir les chevaux, dans les cas critiques. Max ne reviendra que dans une dizaine de jours. Je crois que s'il avait été plus jeune, il aurait enlevé Camille ! Ils s'entendent tellement bien ces deux-là ! Ne rougissez pas Camille, ajouta-t-il en riant, je suis persuadé qu'il aurait adoré être votre grand-père, notre ami Max !

- Oncle James, la dernière fois que je suis venu, il ne semblait pas si vieux !

- Il n'est plus très en forme. Les rhumatismes lui affectent bras et jambes, il perd de la force et cela perturbe son travail. Tu le connais, il ne se plaint jamais ; seulement je vois qu'il est de plus en plus fatigué. Il a presque soixante-dix ans et n'envisage pas de raccrocher - comme disent les français - et c'est moi qui lui ai intimé l'ordre de se reposer deux semaines…

avant de retrouver sa stagiaire préférée, ajouta-t-il l'œil taquin.

- Dommage qu'il ne soit plus en forme, reprit Peter, je l'aime bien, Max ; c'est vraiment agréable de le retrouver, tellement professionnel, et si particulier dans ses rapports avec les chevaux.

- Oui, c'est un « murmureur », ajouta doucement Camille.

Le jeune homme la regarda avec un mélange d'admiration et d'amusement.

- Vous vous êtes déjà aperçue de cela, vous ? En si peu de temps... Il m'a fallu des mois de séjours ici pour m'en rendre compte !

- J'ai travaillé tout un mois avec lui; il m'a appris une quantité de choses que l'on n'aborde même pas au cours de nos études, comme la façon d'observer les chevaux, de les comprendre en les regardant vivre. Cela ne s'apprend pas à l'École vétérinaire !

- Camille, lorsque nous serons moins bousculés... en ce moment c'est la pleine saison, je vous parlerai de John, et surtout du frère aîné de notre grand-père, notre grand-oncle, David Somerbird, un vétéran de quatre-vingt-seize ans, qui a survécu à la guerre. C'est lui qui est venu en Normandie en 1941 et a découvert la beauté de cette région. Il a travaillé durant des années pour les Services secrets britanniques et la Reine Élisabeth l'a élevé au rang de Lord. John possède une résidence dans le Yorkshire, non loin de chez lui et, malgré la différence d'âge, ils sont devenus très proches. Nous avons perdu notre père, il y a dix ans et David s'est vraiment préoccupé de nous, bien que déjà très âgé. John lui rend très souvent visite. David possède une vieille demeure victorienne dont il a presque fait un musée. Il collectionne tout ce qui concerne la guerre de 1940, cette période d'histoire commune à la France et à l'Angleterre par de nombreux points. Une pièce est entièrement transformée en bibliothèque et regorge de livres d'histoire, de tiroirs pleins de documents répertoriés de 1939 à 1945 et glanés un peu partout au cours de sa longue vie. Il avait eu l'occasion, dans l'exercice de ses fonctions, de connaître et se lier d'amitié avec une des secrétaires du Général de Gaulle, ayant travaillé jusqu'à la fin de la guerre avec le « grand homme ». Ce dernier lui aurait fait cadeau de documents chiffrés ou codés, dont il n'avait plus l'usage, après la guerre, bien entendu et David avait confié en avoir récupéré plusieurs l'intéressant par leur provenance géographique, offerts par son amie, alors très âgée.

Camille reprit :

- Monsieur, puisque vous abordez le sujet, je dois vous préciser, après ce que je vous avais déjà raconté l'an dernier, que ma grand-mère a découvert un second code, resté caché dans la maison de ses parents. La

Gestapo ne l'avait pas trouvé celui-là, contrairement au premier, dissimulé sous le papier à tapisserie de leur chambre à coucher, et qui avait servi à chiffrer les messages à destination de Londres. Ce second code avait été très bien caché et l'on ne sait pas s'il a été utilisé. Il semble y avoir un rapport avec une composition musicale écrite par le père de Jacques l'aviateur, donc le grand-père de ma grand-mère, mort en 1918. Il aurait été mon arrière-arrière grand-père ! C'est compliqué les filiations !

- C'est tout à fait passionnant ce que vous racontez-là, Mademoiselle Camille ! s'exclama Peter. J'en parlerai à mon père dès mon retour. Le connaissant, je sais qu'il ne manquera pas de se renseigner auprès de son grand-oncle donc, mon arrière-arrière grand-oncle. Nous sommes pareils dans la filiation compliquée !

- Je vous remercie Monsieur.

- Appelez-moi Peter, cela me ferait plaisir.

- Alors à demain Peter.

Camille reprit la route de Mortagne. Elle souriait en conduisant ; cette rencontre lui plaisait bien. Elle trouvait agréable la perspective de travailler en compagnie de ce charmant jeune homme... le temps de son stage au Haras.

Le dîner fut riche en conversations passionnées.

Camille avait relaté avec force détails, son entretien de fin d'après-midi. Son enthousiasme fut bientôt partagé par sa grand-mère.

La personnalité haute en couleurs de Lord David Somerbird les intriguait au plus haut point, l'une comme l'autre. Diane réfléchissait : serait-il possible qu'un lien, si ténu soit-il, existât entre les activités de son père et celles de cet Anglais parachuté - au sens propre comme au figuré - dans cette contrée normande où les réseaux s'étaient formés dès 1940 ?

Diane était perdue dans ses pensées lorsqu'elle reporta son attention sur Camille. La jeune fille la regardait d'un drôle d'air :

- Madine ? Oh ! Tu es là ? Je te parle et tu ne sembles pas m'écouter !

- Excuse-moi ma chérie... j'étais ailleurs, cela arrive aux vieilles dames, tu sais.

- Peter m'a assurée qu'il parlerait à son père de tes découvertes. Comme il se rend fréquemment chez son grand-oncle, Lord Somerbird sera certainement mis au courant... il y a des coïncidences dans nos histoires respectives et d'ici à ce que tu sois invitée dans le Yorkshire...

- Il coulera de l'eau sous les ponts ! termina Diane. Ne rêve pas trop ma belle ! Mais au fait, tu serais peut-être plus apte que moi à te rendre en Angleterre !

Ton anglais est certainement meilleur que le mien, resté en jachère depuis des lustres. Et... le jeune Peter n'y serait peut-être pas opposé, compléta-t-elle dans un sourire.

- Tu me mets en boîte Madine ! Il est effectivement très gentil ce garçon, et pas mal de sa personne en plus ! Mais je sors de mon histoire avec Thibault et j'ai envie de tester la solitude. Toi qui en fais l'apologie, tu devrais être contente.

- N'écoute pas trop les divagations d'une vieille folle comme ta grand-mère ! Je te souhaite plein de bonnes choses et l'amour en fait partie. Celui avec un grand A, il faut le trouver, et ce n'est pas toujours facile ! On peut se tromper... et l'on tombe de très haut. Tu as raison de prendre ton temps ma petite chérie. Pour changer de sujet, après tout, si Lord Somerbird était en possession de documents susceptibles de m'aider à résoudre l'énigme du Code bleu, ce serait extraordinaire. Toutes ces coïncidences... ce sont les esprits de mes parents qui jouent avec nous, tu ne crois pas ? Tu sais que ton athée de grand-mère croit au moins en ces choses-là !, dit-elle en riant. En tout cas, j'ai l'intention de photocopier la partition intitulée *Aurore, la fille du matin*. Comme je te l'ai déjà dit, je trouve cette musique vraiment étrange, je sens que quelque chose cloche dans ces notes, mais je ne sais pas quoi. Je verrai cela plus tard. Bonne nuit ma petite fille, dors bien, tu te lèves tôt demain.

Après un bisou sonore à sa grand-mère, Camille s'envola vers la chambre bleue.

Lorsque Diane se fixait un objectif, elle s'efforçait de s'y tenir. Aussi, dès que la petite voiture de Camille fut hors de vue, elle s'empara de LA partition et se mit à l'étudier.

À première vue, rien d'extraordinaire, si ce n'est le mélange de notes blanches, de dièses, de bémols et de bécarres complètement hors des règles de composition. Après tout, se dit-elle, le grand-père avait peut-être inventé cet air au tout début ou même avant sa formation musicale. Les pages usagées semblaient surchargées, brouillées.

Elle se souvint posséder une loupe au fort grossissement. Elle décida de s'en servir.

Diane déplaça lentement l'objet sur la première portée. Elle découvrit alors, sous les notes, de minuscules chiffres inscrits en bleu pâli.

Ils ne correspondaient absolument pas à des doigtés conseillés, ceux-ci ne s'inscrivant que de 1 à 5 !

Diane pouvait lire 10, 14, 1, 3, 5, 7, 24, 19...

Elle prit une feuille blanche et entreprit de recopier ce qu'elle découvrait.

La première note était une blanche, un mi, auquel était attribué le chiffre 3 ; la seconde un do dièse correspondant au 8, un sol bémol pour le 19, etc., les noires, croches et doubles croches étaient libres de tout chiffre.

Elle s'affaira durant deux heures, sans voir passer le temps, à recopier notes, chiffres, nombres.

Vu la quantité d'altérations, elle décida de refaire le même travail avec les dièses, bémols et bécarres, sans oublier les blanches.

Ce travail accompli, elle scruta sa feuille : les dièses allaient de 8 à 14, les bémols s'échelonnaient entre 15 et 21, les bécarres de 21 à 24 ; elle termina par les blanches chiffrées entre 1 et 7.

Si elle faisait le compte, cela faisait 24 chiffres... l'alphabet en compte 26...

Et soudain elle comprit ! Tout s'éclaira pour elle. Son père avait choisi des notes au hasard des partitions de son propre père, il avait inventé ce code, avait dû s'amuser à brouiller les pistes avec le titre et le livre d'Homère ! Diane recopia soigneusement ce qu'elle avait découvert.

En fonction de la note chiffrée, la partition pouvait être décryptée par quelqu'un possédant une copie, chaque note blanche, ou affectée d'un dièse, d'un bémol ou d'un bécarre représentant une lettre de l'alphabet.

Il était là le Code bleu.

Elle reprit le carnet couvert de chiffres... de 1 à 25...

Quand Camille va savoir cela !

Epuisée, elle s'octroya une petite demi-heure de musique. Tout lui paraissait facile. Diane se trouvait dans un état second, et assez fière d'elle ; maintenant il s'agissait de savoir si ce code avait été utilisé. Il était tellement bien caché... son père avait-il eu le temps de s'en servir avant d'être arrêté ? Ces questions la taraudaient. Elle espérait bien vivre encore suffisamment pour trouver les réponses.

IX

Camille entamait sa quatrième semaine de stage au haras.

Monsieur Max était revenu de congé, reposé et très heureux de retrouver la jeune fille.

L'activité battait son plein. Le haras ressemblait à une ruche et le personnel devait être performant quelle que soit sa fonction ; l'entretien des espaces verts, la vérification drastique des obstacles et des équipements réservés aux cavaliers, le nettoyage des boxes, le remplacement de la paille, le renouvellement du fourrage et autre nourriture pour les chevaux... toutes ces tâches devaient être accomplies chaque jour.

Au-dessus de toute cette agitation, le sourire du directeur et des moniteurs encadrant les diverses activités, donnait à ce lieu une atmosphère rassurante de vacances et de paix.

Les deux vétérinaires - l'ancien et la novice - ne chômaient pas, eux non plus. Peter arrivait souvent, à l'impromptu, pour leur donner un coup de main entre deux entraînements. Il en profitait pour converser agréablement, tout en s'occupant des animaux souffrants, avec Camille. Des liens d'amitié se créaient au fil des jours entre les jeunes gens.

Max semblait vraiment heureux de ce travail en binôme. Il appréciait de plus en plus la qualité des prestations de sa stagiaire.

Le soir venu, lorsque le haras retrouvait son calme, après le départ des derniers adhérents, les chevaux rejoignaient leur box pour y être bouchonnés après leurs suées de la journée, nourris et abreuvés.

Alors, lads et soigneurs les dirigeaient vers les herbages. Là, ils pouvaient enfin se reposer et paître tranquillement.

Profitant de ce moment privilégié et calme, Max, sans en avoir l'air, commença l'initiation de la jeune fille au « murmure », ce don très particulier qu'il possédait et n'avait, jusqu'alors, jamais envisagé de transmettre.

Durant une heure environ, dans la lumière dorée de cette fin juillet, les chevaux prêtaient une oreille bienveillante au ronronnement à la fois doux et étrange, de la voix de Max.

Camille l'observait, toute son attention en éveil. Elle engrangeait dans sa mémoire et son amour des animaux, les mécanismes mis en œuvre par le « murmureur ».

Elle avait déjà son cheval préféré. C'était un superbe alezan, à la robe fauve brillante, éclairée par de fines jambes chaussées de blanc, nommées « balzanes », et d'un long écusson lui aussi immaculé descendant sur le chanfrein, appelé « lisse ».

L'animal avait chuté malencontreusement lors d'un saut d'obstacle très élevé. La blessure, très douloureuse, aurait pu se révéler fatale sans l'intervention vétérinaire.

Camille l'avait soigné, seule, avec une douceur infinie et, curieusement, l'animal semblait lui en être reconnaissant.

Durant tout le temps de la convalescence de l'alezan, la jeune fille se rendait plusieurs fois par jour près de lui, pour vérifier la cicatrisation, la motricité de la jambe blessée et l'aspect général du cheval. Elle lui parlait doucement, tout en lui caressant le museau. Les grands yeux en amandes dorées la fixaient avec une expression qui ressemblait fort à de la tendresse.

Une fois guéri, Camille continuait à le visiter chaque soir, avant de partir, et le retrouvait en train de paître paisiblement. Elle avait là un compagnon rêvé pour s'initier au « murmure », et Max l'avait pressenti depuis un long moment.

CODE BLEU.
3/4
T R A N S P O R T R T
20 18 1 1H 19 16 15 18 20
A R M E S
1 18 13 5 19
L A I G L E 1 8 M A I
12 1 9 7 12 5 A H 13 1 9
5 H
E 8
MESSAGE CODÉ
20 . 18 . 1 . 14 . 19 . 16 . 15 . 18 . 20 . 1 . 18 . 13 . 5 . 19
12 . 1 . 9 - 7 . 12 . 5 . A . H . 13 - 1 - 9 - E . 8.
TRANSPORT ARMES LAIGLE 18 MAI 5 H.

X

Depuis sa découverte de la partition composée pour élaborer le Code bleu, Diane avait entrepris un travail de déchiffrage complexe. Le carnet crypté comportait un nombre de pages couvertes de chiffres assez impressionnant.

Elle recopia la première :

20, 18, 1, 14, 19, 16, 15, 18, 20, 1, 18, 13, 5, 19, 12, 1, 9, 7, 12, 5, R, 13, 1, 9.

Elle reprit son schéma musical : la bémol, fa bémol, do blanche, si dièse, sol bémol, ré bémol etc., jusqu'à sol dièse, sol, blanche, en éludant noires, croches et doubles croches intermédiaires.

Elle affecta chaque note de sa lettre correspondante et obtint :

TRANSPORTARMESLAIGLE18MAI

La lettre R retrouvant sa place chiffrée suivie des trois lettres du mois.

- J'avais raison ! C'est bien LE code ! Tout le carnet doit être rempli de renseignements de ce genre. Peut-être n'a-t-il jamais pu être utilisé. En ce cas, pourquoi l'avoir si bien caché après son invention ?... 18 mai... 1941, 1942 ? Le réseau a été démantelé en 1942 et mon père déporté...

L'exercice l'avait épuisée. Diane referma le carnet, le replaça dans le coffret qu'elle referma à clef.

Elle réfléchissait, retournant dans sa tête toutes les découvertes de ces derniers mois. L'originalité de ce code n'avait d'intérêt que si un destinataire en possédait une copie et en l'occurrence ce destinataire ne pouvait être qu'un Service de renseignements. Sinon, pourquoi prendre tant de précautions pour la transmission de ces données ?

L'agent anglais avec lequel Jacques l'Aviateur travaillait ayant disparu sans laisser de traces, le mystère restait insoluble...

Diane attendait Camille avec impatience. Elle guettait le bruit du moteur de la voiture. La petite Peugeot identifiée aux alentours de dix-neuf heures, elle ouvrit la porte d'entrée pour accueillir sa petite fille.

- Madine, tu m'attendais ? Que se passe-t-il ? Rien de grave j'espère ?

- Mais non, rassure-toi ma chérie, je suis seulement impatiente de te montrer ce que j'ai découvert. Entre vite !

Camille, bouche bée, enregistrait les informations débitées à toute vitesse par sa grand-mère qui, la partition à la main, tentait de lui expliquer en quelques minutes, le fonctionnement du code qu'elle avait passé des heures à décrypter !

- Madine, calme-toi et fais moi voir le résultat. Je comprendrai mieux avec tes résultats concrets.

- Ma pauvre chérie je t'abrutis dès ton retour, alors que tu dois être fatiguée ; excuse moi, je vais te faire voir tout ce que j'ai découvert.

Elle reprit calmement son cheminement au grand étonnement de Camille.

- Madine ! C'est formidable le travail que tu as accompli pour arriver à ce résultat ! J'en parlerai à Peter ! Ils sont tous passionnés dans sa famille pour ce qui touche la période de la guerre. Enfin, reprit-elle en riant, j'espère que nous aurons le temps de discuter, car en ce moment, nous avons un boulot monstre au haras.

- Ce stage, tu sembles l'apprécier, tu apprends beaucoup de choses utiles pour toi, pour ton métier ?

- Tu n'imagines pas Madine, Monsieur Max est un instructeur comme il en existe peu... De plus, je ne sais pas si je te l'ai dit, c'est un « murmureur ». Tu sais en quoi cela consiste ?

- Oui, je crois que je sais, j'ai vu un film qui m'avait marquée sur ce sujet.

- Lorsqu'il n'y a plus personne d'extérieur au haras, il m'accompagne près des chevaux, dans leur pâture, et m'initie au murmure, simplement en me laissant le regarder faire. Je crois que je comprends et que je suis réceptive à cette technique particulière. Et cela me passionne !

- Je suis heureuse pour toi ma chérie, c'est formidable et tu dois en retirer de grandes satisfactions.

- C'est une autre approche des chevaux et un rapport entre l'animal et l'Homme (au sens humain...), qui ne ressemble à rien d'autre.

- Je suis très fière de toi, ma petite vétérinaire, future « murmureuse » !

- Je ne pense pas que le féminin existe et je n'en suis qu'aux balbutiements. Mais toi, Madine, tu n'es pas mal non plus dans le genre « agent secret » !

Elle éclata de rire. Sa grand-mère reprit :

- Tu sais ce que nous allons faire pour nous récompenser ? On mérite bien un bon dîner ! Je t'invite au restaurant, j'en connais un près d'ici, on y découvre en mangeant, un paysage magnifique de vallons et de prairies, ainsi qu'un étang superbe connu des pêcheurs du coin. Et on y mange très bien !

- Merci Madine, avec grand plaisir ! J'ai une faim de louve !

Après deux semaines d'activité fiévreuse, le haras devenait plus calme. Camille avait réussi à informer Peter des exploits en décodage de sa grand-mère.

Le jeune homme était perplexe.

- Je dois rentrer en Angleterre jeudi prochain. Avec mon père, nous allons chez son grand-oncle, le week-end prochain. Il va fêter ses quatre-vingt dix-sept ans et nous organisons chaque année un repas d'anniversaire depuis cinq ans. A compter d'un certain âge, on ne s'en tient plus aux décennies pour fêter les anciens, chaque année peut être la dernière, alors... Il est en forme cet homme et dans trois ans il pourra peut-être devenir centenaire !

- Il a encore toute sa tête ?

- Ben oui ! Elle est toujours sur ses épaules !

- C'est une façon de parler... Camille se mit à rire. Évidemment, je suis idiote ! Cela veut dire : « a-t-il conservé toutes ses capacités intellectuelles et mentales » ?

- Bien sûr ! C'est moi qui suis idiot ! Même s'il a quelques problèmes de mémoire avec les noms propres, égare ses clefs ou cherche son portable, dans l'ensemble il ne s'en tire pas mal. Il lit toujours ses livres d'histoire, sa passion. Il reçoit souvent des amis, ses anciens collègues des Services secrets. C'est très bon pour le cerveau cette activité. Il est aidé pour toutes les tâches ménagères par une dame qui travaille chez lui depuis vingt-cinq ans. Elle était très attachée à son épouse, décédée à soixante-quinze ans d'une crise cardiaque.

- Ils sont étonnants les vieux de maintenant... Regarde ma grand-mère, elle a réussi à trouver la clef d'un code secret inventé par mon arrière-grand-père. Il faut le faire quand même !

- Oui, c'est vraiment extraordinaire ! Venir à bout de ces choses mystérieuses et complexes, je n'en reviens pas ! Tu sais que si je parle de cela à mon père, il s'empressera de le raconter à David, et je crois que son anniversaire sera pimenté par cette histoire.

- Tu comptes revenir avant la fin de l'année ?

- Oui. En fait je pense être là fin octobre. Je dois participer à un concours hippique international qui doit avoir lieu dans le Yorkshire le 15 novembre prochain. J'ai la chance d'avoir la possibilité de m'entraîner ici, dans ce haras familial magnifique. Cela vaut la peine de traverser le Chanel. En définitive, c'est assez rapide.

- Je serai sans doute repartie à Paris lorsque tu reviendras mais je vais te donner les coordonnées de ma grand-mère. Si tu as un peu de temps libre entre tes entraînements, tu pourrais passer la voir. Je lui ai parlé de toi et des activités de l'oncle David. Tu sembles intéressé toi aussi, par notre passé, je pense qu'elle serait ravie de discuter avec toi. Je te préviens, elle est volubile ma grand-mère... et passionnée aussi, ajouta-t-elle en souriant.

- C'est une opportunité que je saisirai avec enthousiasme. Tout ce que tu m'as dit m'intéresse vraiment et je ne pense pas être le seul à désirer connaître les détails de vos découvertes à toutes les deux. Je crois me souvenir que tu n'y es pas étrangère, n'est-ce pas ?

- Oui, tu as une bonne mémoire, cela fait partie des souvenirs à conserver précieusement. Nous avons été complices dans cette quête du Code bleu, Madine et moi. Tu ne peux imaginer, Peter, c'est génial de vivre de tels moments, aussi forts, avec sa grand-mère.

- Certainement, je te comprends. Allez, tu viens prendre un pot avant mon départ ? Les autres nous attendent à la cafétéria.

- J'arrive, le temps d'ôter mes bottes !

XI

Peter avait rejoint la Grande-Bretagne et repris ses cours d'architecture. Il continuait à s'entraîner dans un petit centre équestre, pas trop éloigné de son lieu de résidence. Il devait y souscrire une adhésion assez onéreuse par rapport à la modicité des services offerts.

Il était loin des facilités dont il bénéficiait en France, avec le haras aux obstacles performants mis à sa disposition par son oncle

Ses parents s'affairaient aux préparatifs de l'anniversaire de Lord David Somerbird. Entre les amis, les collègues du vieil homme et la famille, il fallait compter une vingtaine de personnes.

John avait convié son frère James et sa femme Mary, ainsi que leur fils Harold à se joindre à eux à l'occasion de ce week-end festif. Le couple avait besoin de repos et cette occasion était idéale pour changer d'air.

Après avoir empli le coffre de leur voiture des spécialités régionales et locales, sans oublier quelques bouteilles de Champagne toujours très prisées outre-Manche, les trois percherons d'adoption prirent la route pour Calais.

John les attendait à la sortie du Channel. Les deux frères étaient ravis de se retrouver après ces longs mois d'absence. Les invités n'avaient pas de problème de logement, l'un des cottages était mis gracieusement à leur disposition sans limitation de temps. Ils étaient à la fois près de John, de son épouse et de Peter, et pouvaient aller et venir en toute liberté.

Les belles-sœurs s'entendaient très bien et c'est ensemble qu'elles mirent les dernières touches aux préparatifs d'anniversaire.

Le grand jour arriva, et c'est ensemble également que les frères et leurs familles arrivèrent dans le Yorkshire. Lord Somerbird les accueillit chaleureusement. On voyait que ses neveux et petits-neveux tenaient une grande place dans sa vie. Ses yeux et ses lèvres n'étaient qu'un sourire au milieu des sillons creusés par le temps et l'après-midi se prolongea par un apéritif dînatoire à la française, « arrosé » de bon vin, y compris par David, mais avec modération. Chacun fut convié à regagner sa chambre dans la vaste demeure afin d'être en forme pour le lendemain.

Lord Somerbird s'était levé de bonne heure afin de peaufiner sa tenue et se vêtir avec toute l'élégance requise d'un Lord de sa Majesté.

Mary et Gladys, les deux belles-sœurs, avaient fait des frais de toilette et la grâce anglaise s'alliait fort bien à la qualité des vêtements choisis en France.

Peter et son cousin Harold s'étaient retrouvés avec plaisir et discutaient à bâtons rompus.

Les premiers invités arrivaient. La dame de compagnie de Lord Somerbird les faisaient entrer et les guidait jusqu'à la pièce de réception où David tenait à les accueillir à l'ancienne, debout près de la magnifique porte de bois sculpté.

La table était mise. Le cristal des verres étincelait sous le lustre à pendeloques, les couverts d'argent et la vaisselle de porcelaine anglaise brillaient doucement. En fait, vingt-cinq couverts figuraient sur la longue table couverte d'une somptueuse nappe blanche brodée à la main.

Gladys, l'épouse de John, n'avait pas eu souvent l'occasion de se rendre dans la grande maison du prestigieux oncle. Elle découvrait le faste des vieilles demeures victoriennes avec émerveillement. Elle avait l'impression de rentrer dans une autre dimension. Tout, ici, était ancien, du bel ancien préservé et assorti au maître de céans. Il avait de la classe Lord Somerbird, dans son costume bleu-nuit, impeccablement coupé, ses décorations discrètement affichées sous une barrette d'or, ses cheveux blancs bien coiffés. On avait peine à croire qu'il fêtait aujourd'hui ses quatre-vingt dix-sept ans !

Il introduisit ses neveux et les accompagna à leurs places respectives, situées face à la sienne.

Peter, quant à lui, était assis entre deux charmantes jeunes filles issues de l'aristocratie anglaise. Harold était placé face à lui.

Les conversations allaient bon train. David discutait avec d'anciens collègues, à ses côtés. Ils évoquaient les nombreux souvenirs et anecdotes liés à leurs activités dans les Services secrets. James écoutait attentivement ces passionnants vétérans. David prit conscience de l'intérêt manifesté par son neveu à leur conversation et s'adressant à son ami, il le présenta :

- Voici James, le frère de John, que vous connaissez déjà, James dirige un haras en France, dans le Perche. Si ma mémoire est bonne, vous avez été affecté dans cette région pendant la guerre...

- Oh ! C'est vrai ? Heureux de vous connaître. Effectivement j'ai « travaillé » pour nos Services dans cette belle région. Les maquis et les réseaux de résistance y étaient très actifs.

- À ce propos, reprit James, j'ai employé plusieurs mois dans mon haras, une jeune fille, future vétérinaire, dont l'arrière-grand-père, décédé avant la fin de la guerre, était chargé de transmettre des renseignements stratégiques à Londres. Il dirigeait avec deux autres personnes l'un des réseaux ornais.

David scruta son neveu, le regard brillant.

- Tu dis que cet homme dirigeait un Service de renseignement au sein d'un réseau ? Cela m'intéresserait d'avoir de plus amples informations...

John prit alors le relais de son frère.

- La jeune fille en question a longuement parlé avec Peter. Elle semble passionnée par l'histoire de son arrière-grand-père, considéré comme le héros de la famille, et plus particulièrement par tout ce qui concerne l'impact des Services secrets sur l'histoire de cette période. Peter m'a raconté des choses étonnantes concernant ce réseau. La grand-mère de Camille, c'est le prénom de la jeune fille, a emménagé, il y a quelques années je crois, dans la maison de ses parents, à Mortagne-au-Perche. Son père recevait, dans cette maison, un de nos agents, et lui transmettait des documents cryptés. Le réseau a été démantelé en 1942 après l'arrestation de l'agent anglais, et la Gestapo a trouvé un code sous la tapisserie de la chambre à coucher du couple. Le Résistant a été immédiatement arrêté, emprisonné des mois, puis transféré dans un camp de concentration où il est décédé. Ce qui est très bizarre, toujours d'après Peter, c'est que la grand-mère de Camille, la fille du déporté, aurait retrouvé un second code, trop bien dissimulé pour que la Gestapo le trouve ; elle ne sait s'il a été utilisé ou non. Apparemment, ajouta John, il y aurait un rapport avec la musique... Je n'en sais pas plus, mais Peter m'a raconté tout cela avec un enthousiasme dont je ne l'aurais jamais cru capable. Il semble littéralement envoûté par l'histoire de cette famille... et peut-être un peu aussi par la jeune Camille ! Qu'en penses-tu James, toi qui la connais ?

- Il faut avouer qu'elle est absolument charmante, belle et intelligente, ce qui ne gâche rien !

Ces dernières considérations amenèrent les rires des messieurs, même si Peter, un peu loin pour profiter de la conversation ne semblait pas trop isolé en compagnie de ses voisines et d'Harold, tout sourire.

David reprit son sérieux et regardant attentivement ses neveux, et leur dit :

- Avant que vous ne repartiez, James et toi, je voudrais vous montrer certains documents que j'ai trouvés récemment.

Il se tourna vers son collègue précité :

- Vous aussi, Charles, je pense que cela vous intéressera, vous qui avez été en rapport avec les réseaux français de cette région normande. Ma dame de compagnie, Lydia, que vous voyez affairée, a la marotte des rangements, et autres grands nettoyages de printemps. Elle a découvert en dépoussiérant des livres, un tiroir inclus dans la bibliothèque. Il était masqué entièrement par des ouvrages d'Histoire. Je ne me souviens pas avoir eu accès à ce tiroir. J'ai acheté ce manoir il y a une quinzaine d'années, il appartenait à une vieille famille du Yorkshire, dont l'un des descendants a travaillé avec moi, à mes débuts au service de Sa Majesté. Me sachant intéressé par ce type de littérature, il m'a fait cadeau de ces livres anciens. Lydia ayant dévoilé ce tiroir, m'a appelé afin d'en découvrir le contenu. J'ai trouvé des documents très intéressants à l'intérieur et j'ai transféré dans cet endroit ceux déjà en ma possession. Si vous le désirez je vous montrerai cela demain après-midi. Pour l'instant, je crois que l'on me demande, dit-il en souriant.

Un groupe de jeunes gens, dont Peter, s'avançait, poussant une table roulante où trônait un magnifique gâteau, illuminé de bougies. Il avait été réalisé par un artiste pâtissier qui avait reconstitué en chocolat, sucre et divers éléments appétissants, le château en ruines non loin du domaine, qui demeurait une curiosité prisée dans le paysage. C'était très beau.

Les convives, debout, levèrent leurs verres de Champagne et portèrent un toast en l'honneur de leur hôte. Un chœur d'hommes entonna un superbe «Happy birthday». James et son épouse étaient ravis de participer à cette fête.

Les invités déposèrent leurs cadeaux sur une table basse en très beau merisier ancien, assortie aux meubles et à la grande table de la pièce. James admirait la patine du bois, ne pouvant s'empêcher de comparer sa couleur magnifique aux copies réalisées au XXe siècle dans un merisier trop rouge pour être beau.

Après le somptueux dessert, les cafés pour ceux qui le désiraient, les liqueurs, etc., les conversations se calmèrent et la fatigue se fit sentir ; une bonne moitié des invités n'étant pas très jeune. David commençait à accuser son âge. Ses orbites se creusaient et malgré son sourire, on voyait qu'il était épuisé. La fidèle Lydia fit discrètement un signe à Gladys et John, afin de donner le signal du départ des invités vers leurs chambres. Elle-même prit d'autorité le bras de David et l'accompagna jusqu'à la porte de ses appartements.

Il était heureux. Cette soirée l'avait enchanté. Il avait passé un moment précieux avec sa famille et ses amis. Il s'endormit en pensant à la journée du lendemain. Il n'aurait à s'occuper de rien. Lydia, aidée de deux extras, veillerait à préparer un breakfast digne d'un grand hôtel !

Et il avait à partager des choses passionnantes avec ses neveux.

XII

Après une nuit de repos, les invités se présentaient par petits groupes, pour prendre le breakfast, dans la grande salle à manger. À la fin du repas d'anniversaire de la veille, la pièce avait été rangée, nettoyée et agencée différemment. La grande table avait été poussée contre l'une des parois lambrissées ; elle était couverte de toutes sortes de victuailles, de jus de fruits variés, de fromages, de jambon. Les convives, installés autour de petites tables rondes pouvant accueillir, quatre, cinq ou six personnes, étaient servis en mets et boissons chauds (œufs frits ou brouillés, bacon...), thé, café ou chocolat. Les reliquats du grand gâteau d'anniversaire avaient été artistement découpés et présentés en petites portions ; ils complétaient l'important repas de la matinée.

La famille s'était regroupée autour d'une table de six. Lord Somerbird inclus... en principe ! Sur pied depuis deux heures, ce dernier, au lieu de se restaurer, faisait le tour des tables, saluant ses invités, les remerciant encore pour leur présence et leurs cadeaux, avant que ceux-ci ne repartent au cours de la matinée, au gré de leur bon vouloir.

Lydia supervisait le service des « extras ». Elle avait à cœur que tout fut parfait, afin que toutes les personnes présentes se souviennent de cet anniversaire comme d'une magnifique fête, sans fausse note ; et surtout, pour le plus grand bonheur de l'aristocrate qu'elle avait l'honneur de servir depuis des années, après avoir repris les fonctions de sa mère très âgée. Lydia avait été la demoiselle de compagnie de l'épouse de Sir Somerbird, disparue depuis plus de dix ans. Cette dernière la traitait un peu comme une fille adoptive, elle qui n'avait pu avoir d'enfant. Lydia approchait de la soixantaine. Elle savait que Sir David, comme elle aimait l'appeler, lui vouait une affection sincère, sans ambiguïté, la taquinant parfois sur sa manie du perfectionnisme en matière de rangement et de propreté. La femme de ménage, la cuisinière et même le jardinier savaient qu'ils devaient se montrer compétents dans leurs travaux respectifs sinon, ils avaient droit à des remarques bien senties !... même si elles étaient faites avec le sourire, ce qui ne les empêchait pas d'apprécier la femme qu'ils côtoyaient depuis tant d'années.

Lydia était dans son élément avec cette réception : elle avait déployé ses trésors d'ingéniosité, d'organisation, de décoration, préparé en amont le travail des serveurs, du cuisinier et du jeune aide engagé pour la circonstance. Son autorité naturelle ne posait problème pour personne.

Elle savait, d'une façon innée, se comporter avec les personnes de classes complètement différentes qu'elle était amenée à rencontrer depuis qu'elle était au service des Somerbird. Sir David, plusieurs fois par an, était amené à convier des proches de la famille royale au manoir.

Le maître des lieux était un homme qui détestait les snobs mondains et savait s'entourer de personnes intelligentes aux valeurs humanistes, comme lui-même.

Lydia s'approcha de lui, attendit qu'il rejoigne sa place auprès de ses neveux, et lui demanda discrètement vers quelle heure il comptait se rendre à la bibliothèque.

David se retourna et lui répondit :

- À 15 heures ce serait bien, la plupart des invités seront repartis ; ne resteront que mes neveux et leur famille. Nous prendrons le café auparavant.

- Bien, Sir, je vous le servirai sur la table basse du salon voisin, vous pourrez vous installer dans des fauteuils confortables.

- C'est parfait Lydia, comme toujours...

- Merci, Sir David ! Mais il faudrait songer à vous reposer ! Vous êtes sans cesse debout ! Vous parvenez tout à fait à donner le change aux autres, mais moi je sais que vous êtes épuisé... et pour une fois, vous accepterez de m'écouter quand je vous demanderai de rester tranquillement assis dans votre fauteuil !

Là-dessus, après cette réplique à son avis tout à fait osée, elle se sauva en riant tout bas, pour rejoindre l'équipe de service s'affairant dans la vaste cuisine.

Lord Somerbird baissait la tête, mais ses épaules tressautaient et John, à son côté ne perdait rien de l'hilarité de son oncle.

- Je crois que votre dame de compagnie a une grande et bonne influence sur votre vie, n'est-ce pas ? Ne serait-ce que pour vous donner des occasions de rire !

- C'est une perle ! Je ne sais ce que je deviendrais sans elle. Si j'étais son père, elle ne s'occuperait pas mieux de moi, j'ai vraiment de la chance de l'avoir à mon service depuis tant d'années. Elle a une intelligence certaine en matière de gestion pour faire vivre cet immense manoir. Je ne pensais pas être en mesure d'y séjourner aussi longtemps lorsque je l'ai acheté, mais j'ai la chance de pouvoir me faire aider. Cet après-midi je vous attends aux alentours de 15 heures dans le salon, pour ce dont nous avons parlé hier...

Chacun regagna les appartements pour y préparer ses bagages. Le manoir se vidait doucement.

Les membres de la famille se rendirent au salon un peu avant l'heure fixée par David.

Comme prévu, celui-ci les attendait, installé dans un confortable fauteuil de cuir fauve. Le café était chaud. Les deux belles-sœurs devisaient agréablement, les cousins s'étaient absentés pour prendre congé des jeunes filles qu'ils avaient côtoyées durant le week-end.

Lord Somerbird invita John et James à le suivre dans la bibliothèque. Il se dirigea vers le fond de la pièce, entièrement tapissée de chêne patiné. Les rayonnages disparaissaient sous les centaines de livres accumulés ici. Le vieil homme retira trois volumes assez larges et découvrit un tiroir logé dans l'épaisseur du mur de bois. Il le tira avec délicatesse, s'empara de l'ensemble des documents qui le remplissaient et déposa le tout sur un petit bureau proche.

John et James observaient chaque geste de leur grand-oncle, avec une curiosité mêlée de respect. Ils appréciaient le fait de partager ce moment spécial avec cet homme d'exception.

Ils s'approchèrent et David entreprit de leur faire découvrir les documents en sa possession, ses trésors. Il prenait chacun d'eux entre ses doigts, retraçant une anecdote, signalant une date importante dans l'Histoire, relatant ses activités révolues dans les Services secrets. Au fond de la pile, se trouvaient une dizaine de feuilles codées, parfois surchargées, après leur décryptage.

Soudain, il retira une page soigneusement pliée en trois, plus large que les autres qui couvrait toute la surface du tiroir. Après l'avoir dépliée, les trois hommes découvrirent une partition... John stoppa le geste de son oncle qui s'apprêtait à ranger le document.

- Oncle David, cette partition ? Vous savez ce que c'est ?

- Apparemment elle fait partie des documents codés dont m'avait fait cadeau une amie, au service du Général pendant la guerre. J'avais fait sa connaissance par l'intermédiaire du propriétaire de la maison, père d'un ami travaillant avec moi, à mes débuts.

- Vous rappelez-vous mon oncle, hier soir je vous ai parlé d'un code retrouvé chez l'arrière-grand-père de la jeune fille stagiaire chez James ? Peter m'a spécifié qu'il avait un rapport avec la musique !

- Effectivement, je me souviens, tu en as parlé hier soir. Inconsciemment je me suis rappelé cette partition étrange, parce que seule en son genre dans les documents que j'ai conservés.

- Voulez-vous que j'appelle Peter ? Peut-être pourrait-il vous en dire plus ! La jeune fille lui a confié que sa grand-mère a réussi à décrypter le code, assez complexe d'ailleurs ; mais la dame jouant du piano depuis son enfance, c'est un peu moins difficile pour elle. Par contre, elle ne sait pas s'il a pu être utilisé par son père avant la dissolution du réseau, et son arrestation juste après.

Lord Somerbird étudiait attentivement la feuille couverte de notes. Il leva les yeux vers James :

- Et s'il y avait un rapport entre les deux documents ? Si cette partition faisait le pendant avec celle découverte en France ? Plusieurs de nos agents de renseignement ont travaillé dans cette région à cette époque, c'est troublant.

John reprit :

- Peter doit retourner très bientôt chez toi, James, pour s'entraîner en vue du concours hippique d'octobre. Tu crois qu'il pourrait s'entretenir avec la grand-mère de ta jeune vétérinaire ? Ce serait bien s'il pouvait voir la partition en question. Qu'en pensez-vous mon oncle ? Je suis certain que cela vous intéresserait.

- Tu n'imagines pas à quel point. Posséder ce document, savoir qu'il a peut-être son jumeau outre-Manche... J'aimerais vraiment avoir la réponse ! Nous avons décrypté de nombreux messages, de toutes sortes, mais personnellement je n'ai jamais eu l'occasion de travailler sur des partitions. Il est vrai que je n'ai pas de grandes connaissances musicales. Celle que je tiens entre mes mains, je ne me rappelle pas l'avoir déjà vue. Elle fait probablement partie des documents appartenant à l'ancien propriétaire de la maison, puisqu'elle couvrait le fond du tiroir, ceux donnés par mon amie, je les avais laissés en vrac, dessus.

- Je vous promets de vous tenir informé, oncle David, reprit James. Mon haras se situe à proximité du domicile de la dame concernée directement par cette histoire. Avec l'aide de Peter, je mettrai tout en œuvre pour tenter de vous apporter des réponses. Serait-il possible d'avoir une copie de cette partition ?

- Je vais demander à Lydia d'en faire une. La photocopieuse est dans le bureau, en compagnie de l'ordinateur qu'elle maîtrise magistralement, contrairement à moi. J'ai toujours préféré le stylo à ces engins régis par les ondes et qui sont un mystère pour le vieil homme que je suis.

Je contacterai l'un des fils de mon ami, lui-même décédé voilà cinq ans maintenant, et qui a conservé beaucoup de choses en souvenir de son père, qu'il admirait profondément.

Ces formalités accomplies, les deux frères rejoignirent leurs femmes respectives qui avaient regroupé les bagages dans le grand hall de l'entrée. Peter, quant à lui, prenait congé de son cousin avec la promesse de le revoir bientôt.

Les voitures s'engagèrent sur la longue allée gravillonnée et franchirent la somptueuse grille de fer forgé. Elles s'engagèrent sur une belle route longeant le site d'un château qui avait dû être magnifique au vu des restes en ruines encore très impressionnants malgré les ravages du temps.

L'anniversaire de Lord Somerbird était terminé. Sa famille restait muette, se remémorant les détails de cette émouvante et passionnante parenthèse dans la vie de John et James. Ils sentaient confusément que ces moments deviendraient de plus en plus rares, s'ils se renouvelaient, et sans se concerter, ils se promettaient de tout faire pour résoudre l'énigme de la partition en possession de David.

XIII

Après le départ de sa petite-fille, Diane avait repris le cours de ses activités, à son rythme.

Jamais l'été ne lui avait semblé si actif. Habituellement, elle appréhendait un peu la solitude liée au départ de ses amis pour les vacances. Cette année, la présence de Camille avait fait passer le temps bien vite, et ce, malgré ses journées passées au Haras.

Les péripéties liées à la découverte des divers éléments du Code bleu, avaient tissé une étrange complicité entre elles ; le lien affectif grand-mère petite-fille s'en était trouvé renforcé. Elles avaient vécu ensemble une aventure hors du commun.

Diane avait rangé précieusement, au fond de son armoire, tous les documents : partition cryptée, carnet bleu chiffré, remis dans la boîte de bois blanc.

Ses recherches étaient terminées. Tout au moins les considérait-elle ainsi. Elle avait réussi à découvrir l'essentiel, l'énigme de la partition. Quant à l'utilisation effective du code, elle ne se sentait ni le courage ni les compétences nécessaires pour aller plus loin.

Elle s'était remise au piano sérieusement, afin d'accompagner son amie violoniste. Cette dernière lui avait apporté la partition d'un *Prélude* de Kreisler, aussi difficile pour la partie violon que pour celle du piano.

Margaud avait réussi à lui trouver (sur Internet !) le CD correspondant. Elle pouvait ainsi travailler sa partie plus efficacement et plus agréablement, avec le chant du violon. Sa partenaire musicale avait l'âge de ses filles et bien sûr, elle travaillait. Il ne lui était pas facile de trouver une après-midi de liberté pour jouer ensemble.

Diane projetait également au tout début de l'automne de se rendre dans le Midi, chez Alexandra. Elle s'efforçait, en les jouant souvent, à conserver dans les doigts les morceaux violoncelle-piano qu'elles jouaient ensemble, malgré le niveau supérieur de sa fille, très rigoureuse, habituée à travailler au sein d'un orchestre philarmonique.

Olivier, le fils d'Alexandra, préadolescent de treize ans, était plein de ressources. Doué en technologie, il fabriquait des machines miniatures qui fonctionnaient à l'eau ou volaient. Cela bluffait sa grand-mère pour qui ce genre de chose relevait du mystère !

Musicien lui aussi, il jouait du saxophone. Diane avait assisté à l'une de ses auditions. Il concourrait avec des jeunes gens de trois ans ses aînés ; ayant « sauté » deux classes au Conservatoire, il était le plus jeune dans sa discipline. Il tirait de son instrument des sons d'une pureté et d'une profondeur étranges. Sa grand-mère ne connaissait le saxophone qu'en accompagnement de formations jazz, l'entendre en solo par son petit-fils était autre chose ! Il réussissait à l'émouvoir aux larmes en jouant un certain morceau de musique yiddish... Il le savait, le coquin ! Elle sourit à cette pensée.

Diane s'apprêtait à partir faire des courses, corvée nécessaire mais... corvée ! Le téléphone se mit à sonner ; elle regarda le numéro qui s'affichait. Inconnu. « Ah ! Ce doit encore être des démarcheurs qui veulent me vendre des trucs dont je n'ai ni besoin ni envie ! Basta, Je ne réponds pas ! » Sur ce, elle partit en claquant la porte.

Ses courses faites, après rangement des denrées, eau minérale, boîtes pour son chat, elle jeta un regard sur le bouton téléphonique qui clignotait en silence. Elle écouta le message : « Bonjour Madame, je suis James Somerbird, le directeur du Haras où votre petite-fille a travaillé pendant les mois d'été. Elle m'avait donné vos coordonnées. Serait-il possible que nous nous rencontrions, comme vous le souhaiteriez, ou chez moi, ou chez vous ? J'aurais des renseignements importants à vous communiquer, dans le cadre de vos découvertes relatives à la dernière guerre. Voici mon numéro... ». Avec l'énumération correspondante, le message finissait avec tous ses remerciements.

Perplexe, Diane considérait l'appareil, se demandant si elle devait rappeler maintenant ou pas.

« Après tout, je verrai bien ce qu'il veut me dire, ce M. Somerbird. Il a l'air très poli et Camille m'en a dit le plus grand bien. Si elle lui a donné mes coordonnées, c'est qu'elle a confiance en lui ; en ce cas... je l'appelle. Il est presque 18 heures et ce doit être plus calme au haras. »

- Allo ? Monsieur Somerbird ? Je suis la grand-mère de Camille.

- Bonsoir Madame, merci de me rappeler. Seriez-vous d'accord pour que nous nous rencontrions ?

- Si vous pouvez vous libérer... Je vous convie chez moi ; vous avez mon adresse, quand vous le voulez, même ce soir, je n'ai rien de prévu.

- En ce cas, je vous propose de vous retrouver dans une demi-heure. J'aurai quelque chose à vous montrer, je ne m'attarderai pas afin de vous déranger le moins possible. Je vous remercie de me recevoir. À ce soir, Madame.

Secondé par son épouse, James réussit à se libérer de ses tâches professionnelles. Il se présenta chez Diane aux environs de 19 heures.

Celle-ci le fit entrer dans le salon et l'invita à s'asseoir. Il sourit en voyant le piano grand ouvert.

- Votre petite-fille m'a dit que vous jouez beaucoup... ma visite a, je crois, un rapport avec cet instrument.

- Camille vous a parlé de la partition que j'ai trouvée dans la maison ? Je sais qu'elle en a discuté longuement avec votre neveu.

- Oui, et normalement, cela aurait dû être lui qui vous contacte, mais il a dû passer des contrôles de connaissance en architecture. Il revient dans quelques jours, mais pour peu de temps. Peter a relaté à son père, mon frère John, vos recherches et vos découvertes. Notre famille s'est réunie dans le Yorkshire à l'occasion de l'anniversaire de notre grand-oncle, Lord Somerbird, âgé de quatre-vingt-dix-sept ans. Il a travaillé une grande partie de sa vie dans les Services secrets Britanniques. Il est féru d'Histoire et en particulier de la période 1939-1945. Il a côtoyé des agents impliqués dans le Renseignement stratégique, en particulier, l'un d'eux, intervenu en Normandie. David a emménagé dans une très belle demeure victorienne, ayant appartenu à cet agent, décédé depuis une dizaine d'années. Le fils de ce dernier, en lui vendant la maison, lui a laissé des documents gardés par son père, susceptibles de l'intéresser... dont ceci.

James s'empara d'une sacoche de cuir, posée à côté du fauteuil où il avait pris place. Il en sortit plusieurs photocopies. L'ensemble reconstituait la partition trouvée par David Somerbird.

Il la remit à Diane, qui l'étudia méticuleusement.

- C'est étonnant ! C'est la même notation que celle de mon père. Je pense qu'elle est identique à quelques détails près à la mienne. Excusez-moi, je m'absente une ou deux minutes, je vais la chercher.

Durant la courte absence de Diane, James se leva, s'approcha du piano. Le large couvercle ouvert laissait la mécanique s'offrir à son regard.

Il contempla les cordes triples correspondant à chaque note, les marteaux, les feutres en contre-plongée, le châssis étincelant. Jamais il n'avait eu l'occasion de voir l'intérieur d'un piano à queue.

Lorsque Diane revint, elle le trouva, la tête penchée, presque dans la mécanique... Elle eut un grand sourire en s'adressant à James :

- Il est beau n'est-ce pas ? C'est un Érard, cordes croisées, de 1926, entièrement restauré bien sûr.

- Je ne pensais pas que c'était aussi complexe, ni aussi beau, l'intérieur d'un piano à queue. Il est vraiment splendide. Il est en quel bois ?

- Le meuble est en palissandre... Lorsque je l'ai vu la première fois, il était noir, de vieillesse et de crasse, il avait dû être abandonné dans un château. Le professionnel qui l'a découvert en a fait un très bel objet ; je suis heureuse d'avoir pu l'acquérir... et de m'en servir. Pour continuer sur ce sujet, regardez la partition que j'ai là.

Elle la déposa sur la table basse du salon, à côté de celle de son visiteur.

James n'en revenait pas. Même s'il était incontestable que la musique était différente, les notes étaient dotées d'altérations anarchiques et de tous petits chiffres sous chacune d'elles.

- Cela vous ennuierait-il Madame, que Lord Somerbird puisse avoir une copie de ce document ?

- Absolument pas ! Cela me semble tout à fait normal, lui-même m'ayant transmis le sien. J'ai une photocopieuse, je l'utilise immédiatement. Elle ajouta, une bouteille de vin à la main : je peux vous offrir un verre de Rosé de Provence ? J'en conserve au frais pour les visites inopinées.

- Avec plaisir. Je peux vous le déboucher si vous le voulez...

- C'est une très bonne idée. Avec moi, les bouchons sont souvent massacrés !, déclara Diane en lui tendant le vin.

- Vous auriez dû venir avec votre épouse, cela m'aurait fait plaisir de la connaître. Camille m'a fait tellement de compliments de vous, de votre haras et des gens qui le font vivre !

- Ce soir, elle a un cours de perfectionnement en français. En fait elle y retrouve des amies anglaises qu'elle a connues dans la région, et même si c'est un groupe de travail sérieux, je crois qu'elle est ravie de

« papoter ». C'est comme cela que l'on dit ?, acheva-t-il en riant.

- Elles ont bien raison. Je fais de même avec mes amies. Hé bien, nous allons goûter ce vin rosé à leur santé... et à la nôtre !

Elle regarda James dans les yeux en trinquant. Elle se sentait en confiance avec cet homme, à peine plus âgé que ses filles, installé dans cette région qu'elle aimait tant et qui contribuait par son travail à la valoriser.

Elle reprit, le regard soudain plus sombre :

- Je dis toujours à mes enfants de profiter de tous les moments de petits ou de grands bonheurs, en famille ou avec des amis. Cette année 2014 est détestable. Je ne me souviens pas avoir été aussi pessimiste sur l'avenir de notre monde... Notre pauvre planète se détruit inexorablement et commence à se venger de tout ce que nous lui faisons subir ! En haut lieu, notre France manque singulièrement de « classe ». C'est un mot désuet, je le sais, mais dorénavant, c'est chez les gens simples, les obscurs, les « sans grade », qu'on la retrouve ! Quant aux médias, ils s'apparentent pour certains, davantage à des charognards qu'à des organismes de culture et d'information !

Soudain, elle réalisa qu'elle parlait et s'épanchait sans vergogne auprès de James, qui l'écoutait attentivement sans mot dire.

- Oh ! Excusez-moi Monsieur Somerbird, je me suis... lâchée comme on dit vulgairement ! Ce sont des colères de vieille dame inquiète pour l'avenir de nos petits-enfants et de leurs descendants ! Vous avez votre famille en Grande-Bretagne, je crois ? Comment vivent-ils ? C'est très différent d'ici ?

- La crise y sévit également avec ses effets tout aussi néfastes. Tout est très cher. Mais je ne crois pas la presse anglaise plus... discrète que chez nous... Il sourit finement et ajouta : vous voyez, je dis chez nous ! Je suis arrivé en France voilà déjà quinze ans, je dirige le haras depuis presque douze, et j'ai l'impression d'avoir toujours vécu dans cette belle région du Perche. J'ai la chance de vivre dans un environnement qui me plaît, qui nous plaît, devrais-je dire ; mon épouse, après les premières années un peu difficiles en raison de sa difficulté à maîtriser la langue française, n'a maintenant plus du tout envie de repartir. En fait, notre visite dans le Yorkshire, pour l'anniversaire de notre grand-oncle, nous a offert une parenthèse dans notre monde de travail. Ce vieil homme possède la « classe » dont vous parliez tout à l'heure, tout en restant simple et à l'écoute de ceux qui l'entourent. Il est une fierté pour nous. À ce propos, Peter revient dans une huitaine de jours. Il doit s'entraîner pour participer à un concours hippique international d'équitation. Je pourrai ainsi lui donner les copies que vous me remettez, ce dont je vous remercie. John, mon frère, les transmettra à David et je vous tiendrai informée des renseignements qui pourraient être portés à notre connaissance. Sir David est resté en contact avec quelques anciens collègues des Services secrets... ou avec leurs descendants, les survivants étant, bien sûr, très âgés, mais souvent, ils continuent, comme lui, à se passionner pour tout ce qui leur rappelle leurs activités passées, en particulier celles liées à la dernière guerre. Je sais de source sûre que l'un d'eux est intervenu dans l'Orne. Il a peut-être été en relation avec l'agent britannique connu de votre père et de son réseau de Résistance. Peter est très intéressé par votre histoire familiale. Il faut avouer que votre petite-fille lui a fait part de vos découvertes avec une telle passion, qu'il est impossible de ne pas y souscrire sans réserve.

- Je reconnais bien là ma Camille, elle a l'enthousiasme contagieux ! Elle a vraiment apprécié de travailler chez vous, tant avec les personnes qu'elle y a rencontrées, que par son contact avec les chevaux. Je crois que sa vocation de vétérinaire en milieu équestre s'est confortée durant ces mois au sein de votre haras. Personnellement, je connais mal les chevaux, les purs-sangs m'intimident. Ce sont des animaux magnifiques et intelligents qui inspirent le respect de ceux qui les côtoient. Camille a un rapport étrange avec eux. Elle les aime et ils le sentent. En définitive, je me sens plus à l'aise avec les Percherons, moins élégants et plus patauds, mais après tout je suis percheronne moi-même, dit-elle en riant. J'aime leurs grands yeux cernés de noir, comme s'ils étaient maquillés, et leur expression nostalgique, un peu fragile. Eux, je parviens à caresser leur chanfrein sans craindre de me faire mordre ! Lorsque mes enfants étaient petites, nous les emmenions au Haras du Pin, et nous faisions connaissance avec tous ces chevaux différents, les étalons, les trotteurs, les vedettes des champs de courses, et tous les autres. Je me souviens lors d'une de nos visites, de la colère d'un étalon ; il se jetait contre la porte de son box, projetant ses antérieures avec une violence inouïe et un bruit infernal, arc-bouté sur ses pattes arrières... un cheval d'apocalypse ! J'avoue que nous n'étions pas rassurés et souhaitions seulement que la porte du box tienne le coup. Le lad attendait patiemment et très calmement, assis sur un baril retourné, que la crise de nerfs soit terminée avant de pouvoir s'occuper du cheval. Cela arrive souvent ce genre d'aventure ?

- Ce n'est pas très fréquent, mais lorsque l'on y est confronté, c'est spectaculaire et ce sont souvent les étalons, spécificité du Haras du Pin, à une époque, qui ont ce type de comportement. Chez nous, lorsqu'un cheval panique ou s'énerve, Max intervient... C'est notre vétérinaire attitré depuis la création du haras. Il a un rapport très particulier avec les chevaux.

- Camille m'en a parlé... il murmure à leur oreille m'a-t-elle dit.

- C'est un homme étonnant. Il a largement dépassé l'âge de la retraite mais il aime tellement son métier, qu'il ne peut se résoudre à l'abandonner. Il m'a affirmé que Camille possède vraiment les qualités requises pour se spécialiser dans le monde du cheval... et éventuellement lui succéder, qui sait ?

Après avoir conté quelques anecdotes cocasses liées au haras, James prit congé de Diane, lui renouvelant promesse de la tenir informée de tout renseignement concernant l'utilisation éventuelle de la partition, qu'il pourrait obtenir, par l'intermédiaire de Lord Somerbird.

Lorsqu'elle se trouva seule, Diane prit conscience qu'elle avait très envie de connaître le fin mot de la destinée du Code bleu ; elle qui se proposait, il n'y a pas si longtemps, de l'abandonner dans l'inconnu.

XIV

Lord Somerbird somnolait, allongé sur un canapé-méridienne confortablement aménagé.

Lydia veillait à ce qu'il respecte ses deux heures de sieste chaque après-midi. Il ne se plaignait jamais malgré ses douloureux rhumatismes articulaires et se fatiguait beaucoup plus vite depuis quelques mois. Malgré tout, il s'organisait pour rencontrer ses amis une ou deux fois par semaine. L'efficace dame de compagnie avait limité ces visites aux mardis et jeudi. Elle programmait l'emploi du temps journalier du très vieux lord. Après le breakfast, il se rendait dans la bibliothèque, pour y lire et continuer ses recherches historiques. Lydia frappait à la porte vers 14 heures et l'escortait dans la pièce de repos. Après sa « méridienne », elle lui offrait son bras pour l'accompagner dans une courte promenade. Il prenait un repas léger, arrosé de son traditionnel thé vert et occupait la fin de journée à sa guise.

Le timbre de la cloche d'entrée résonna. Lydia fronça les sourcils. On était mercredi, normalement aucune visite n'était prévue. Le carillon affichait 15 h 30. Elle ouvrit le lourd vantail et sourit largement à John, le « petit-neveu » préféré de David.

Elle l'introduisit auprès de son oncle, qui déplia sa longue carcasse et se leva pour une chaleureuse accolade.

- Comment allez-vous depuis la superbe fête de votre anniversaire, oncle David ?

- Pas trop mal comme tu vois. Je dors de plus en plus... On m'y oblige ! Il appuya sur le On en observant du coin de l'œil Lydia qui s'esquivait. Avant de les laisser seuls, elle entendit les derniers mots et sans se retourner, agita sa main levée, index menaçant en l'air, comme une institutrice qui gronde un enfant pas sage !

La porte fermée, David ajouta :

- Que veux-tu qu'il m'arrive avec un tel ange gardien ? Elle me surveille toute la journée ! Plus sérieux il ajouta... et cela rassure tout le monde, moi y compris. Lydia m'est très précieuse même si je la taquine dès que je le peux ! Alors, qu'est-ce qui t'amène mon cher John ?

- James s'est rendu chez la grand-mère de Camille, la jeune vétérinaire stagiaire au haras durant l'été, pour lui donner la copie du document que vous lui aviez confiée. Cette dame lui a remis un double de la partition qu'elle a découverte dans un tiroir de son grenier. Elle a également photocopié les pages remplies de chiffres d'un carnet, soigneusement dissimulé dans cette même maison, ancien domicile de ses parents. Il semble que ce soient des messages cryptés. Seulement elle ignore s'ils ont été utilisés ou non pendant la guerre.

- Montre-moi tout cela.

Lord Somerbird, muni de sa loupe, étudia longuement la partition.

Il se rendit dans la bibliothèque, accompagné de John, et retira du tiroir son propre document. Il compara les deux partitions.

- L'écriture musicale est la même ; c'est incontestablement un code... un code inventé. Je crois qu'il y a eu des précédents de cryptage musical, mais je ne me souviens pas en avoir étudié auparavant. Je vais contacter Edward, cet ami qui a travaillé en coopération avec les réseaux normands, et notamment dans le département où James a fondé son haras. Avec ces documents, je pense qu'il pourra remonter le temps. Je te tiendrai au courant.

En attendant, viens prendre une tasse de thé... Inutile de te préciser que tu vas déguster les fameuses spécialités de Lydia, ces miniatures fourrées de crème d'amande au gingembre et zestes de citrons... à damner un saint !

Comme il l'avait annoncé à James, Lord Somerbird contacta Edward, resté en contact avec des membres encore actifs du Service pour lequel il avait travaillé. De quinze ans plus jeune que David, il n'avait pas connu l'activité de guerre du Service de renseignement qu'il avait intégré à l'âge de vingt-deux ans et côtoyé David durant des années, ce dernier n'ayant pris sa retraite effective qu'à... soixante-dix ans.

Edward avait été affecté à l'étude et la conservation des documents cryptés, plus sophistiqués les uns que les autres, et en particulier ceux relatifs aux périodes de guerre.

Certains d'entre eux avaient été dérobés aux Allemands, lors d'attaques ciblées par la Résistance et après traduction et décryptage par des agents spécialisés, des informations majeures avaient pu être transmises et générer des changements de stratégie, éviter des situations dangereuses et anticiper des actions militaires.

Edward avait une grande habitude des différents codes employés ; certains étaient simples à découvrir, d'autres beaucoup moins. David pensait, à juste titre, que les partitions en sa possession pourraient l'intéresser.

Il n'avait pas eu l'occasion de recontacter son ami depuis la soirée d'anniversaire. Lorsqu'il lui téléphona pour l'informer des nouveaux renseignements dont il était dépositaire, Edward proposa immédiatement de fixer une date, afin de le rencontrer. Rendez-vous fut pris pour le jeudi suivant.

Lord Somerbird s'empressa de prévenir Lydia, afin de préparer sa visite.

- Sir Edward devrait arriver en taxi aux environs de 11 heures, nous prendrons le breakfast et nous nous rendrons dans la bibliothèque pour y travailler au moins deux heures. Nous nous reposerons après... ajouta-t-il en voyant le front de Lydia se froncer.

- D'accord Sir David... Si toutes les conditions sont remplies, il n'y a pas de problème. Le grand salon possède deux méridiennes, Sir Edward aura tout loisir pour s'y relaxer en votre compagnie, avant de repartir.

Lydia prononça ces mots avec un regard appuyé, qui n'admettait pas de réplique.

- Encore faut-il qu'Edward soit consentant pour s'allonger, murmura-t-il entre ses dents.

- Oh ! Il le sera sûrement, Sir David, il le sera.

Sur ces mots, elle s'éclipsa, évitant toute répartie ironique du vieux lord.

Le jeudi suivant, comme convenu, la cloche d'entrée retentit en fin de matinée. David était prêt à accueillir son ami.

Lydia introduisit ce dernier dans la salle à manger où un copieux repas attendait les deux hommes.

Ils parlèrent de choses et d'autres en se restaurant. Leur breakfast achevé, ils se dirigèrent vers la bibliothèque.

David avait préparé divers documents, et en particulier, les deux partitions en sa possession.

- Edward, vous souvenez-vous avoir travaillé sur ce type de cryptage ? Regardez ces deux partitions : l'une vient de France, rédigée par un Résistant de la région du Perche, en Normandie, l'autre, je l'ai découverte, tapissant le fond de ce tiroir, dit-il en tirant l'objet de son logement. Il était à l'intérieur de cette bibliothèque.

- C'est assez étonnant cette histoire ! Dans mon Service, ce type de cryptage existait avant que je n'intègre le « Renseignement », dix ans après la guerre. Certains ont été utilisés dans la mise en place du futur Débarquement. Je me souviens avoir vu des partitions datées de 1942.

David reprit :

- La fille du Résistant, initiateur du codage des partitions, a découvert celle-ci parmi d'autres, écrites par son grand-père, compositeur. Elle joue du piano et a réussi à trouver le fonctionnement du code ; apparemment, cela marche. James s'est rendu à son domicile. Vous savez que je lui avais confié une copie de mon propre document, en échange, elle en a fait une du sien. Elle nous a également confié copies des pages d'un carnet chiffré trouvé lui aussi dans un endroit bizarre de sa maison. Voilà, je vous remets l'ensemble des documents. Si vous pouvez en tirer quelque chose...
La famille concernée est vraiment désireuse de savoir

s'ils ont été utilisés. La grand-mère comme la petite-fille sont très intéressées par ces découvertes successives, liées à l'Histoire, et qui sont aussi leur histoire.

Edward regarda attentivement les portées chargées de notes, les feuilles couvertes de chiffres. Il scruta David.

- Je peux les emporter chez moi et les conserver quelque temps ? Il me semble avoir classé des partitions similaires dans un des tiroirs de mon bureau. Cela me dit quelque chose en tous cas.

- Bien sûr, je vous fais confiance Edward. Vous me tiendrez au courant n'est-ce pas ?

- Je vous téléphonerai dès que j'aurai étudié tout cela. Il me faut repartir maintenant, mon taxi doit me prendre à 14 h 30.

- Merci, je compte sur vous mon ami. En fait, bien des gens comptent sur vous. Vous êtes le dernier maillon d'une chaîne d'indices à l'aspect mystérieux. Vous avez sûrement le temps de prendre une tasse de thé avant l'arrivée de votre taxi.

Lydia les servit et s'esquiva. Les vétérans pourraient se reposer chacun chez soi, et ma foi, ce n'était pas plus mal... à son avis, bien sûr !

Elle regagna ses appartements en souriant, plongée dans ses pensées. « Pauvre Lord, il doit me trouver bien rigide ! Malgré son grand âge, je le traite parfois comme un enfant... cela doit l'agacer ! Il a le droit de vivre comme il en a envie. Je l'astreins à un emploi du temps... comme s'il était en pension ! Je le réalise... mais d'un autre côté, même s'il a conservé toute son intelligence et une apparente bonne santé, il est entré dans le grand âge et se fragilise, je dois prendre soin de lui. »

XV

L'automne s'imposait depuis peu, alternant ses frimas et ses douceurs. On passait de quatre degrés au petit matin, à vingt-trois en milieu d'après-midi.

Les forêts frissonnantes jouaient de leurs couleurs à tous les étages. Sous les ombrages encore verts de conifères, de mélèzes et de grands chênes, les essences plus fragiles de hêtres ou de bouleaux enchevêtraient leurs feuillages dans une symphonie de rouges, de jaunes ensoleillés ou pâles, avant de se rouiller pour se poser dans un tournoiement ultime sur les allées des sous-bois. Elles craquaient alors sous le pied des promeneurs ou des bêtes forestières, dans un joli bruissement de papier froissé.

Camille avait terminé ses études. Elle allait exercer son métier, entrer dans la vie active. Elle avait hâte de s'y lancer.

James Somerbird l'avait invitée, par téléphone, à le rencontrer le plus tôt possible. En effet, disait-il, Max avait été victime d'un malaise cardiaque, proche de l'infarctus. Il s'était rétabli, sans trop de dégâts, mais c'était un rappel à l'ordre. Il allait devoir prendre sa retraite, impérativement. Ils en avaient longuement discuté et d'un commun accord, avaient pensé à Camille pour prendre le relais. Si cela l'intéressait bien sûr, elle pourrait travailler sous la houlette de Max, dans un premier temps, avant que celui-ci ne cesse définitivement ses fonctions.

En fait, James lui proposait tout simplement le poste de Max. Camille n'en revenait pas. C'était une chance incroyable cette proposition ! Elle accepta avec enthousiasme un rendez-vous en début de semaine. James lui annonça de surcroît qu'elle avait la possibilité de loger au haras. Un studio neuf était à sa disposition si elle le souhaitait.

Après avoir annoncé la bonne nouvelle à ses parents, elle s'empressa de prévenir sa grand-mère de son arrivée prochaine en Normandie.

Diane se réjouissait à la perspective de cette opportunité qui s'ouvrait à sa petite-fille, dès le début de sa vie professionnelle.

Elle allait travailler dans un bel endroit, sous la direction d'un homme qu'elle-même connaissait, puisqu'il était venu chez elle deux mois auparavant. Agé d'une cinquantaine d'années, il était à la tête d'un haras important, qu'il gérait avec sérieux, compétence et honnêteté. Elle avait aimé la franchise de son regard. Elle savait intuitivement que Camille serait en sécurité dans cet environnement. Elle y avait déjà trouvé ses marques, grâce à ses stages réitérés.

Même si elle logeait sur place, la jeune fille lui avait promis de venir la voir de temps en temps. Diane comprenait son besoin d'indépendance et de liberté.

Elle allait vivre sa vie de femme active, après ces années de préparation et d'études pour maîtriser le métier qu'elle s'était choisi.

Ainsi fut fait. À l'issue de l'entrevue avec James Somerbird, Camille signa un contrat de travail, la nommant « vétérinaire attitrée du haras ».

Avant qu'elle ne reparte, James lui fit visiter l'ensemble des locaux assignés à son activité – elle en connaissait d'ailleurs la majeure partie – ainsi que le studio où elle pouvait s'installer. De plain-pied, une fenêtre s'ouvrant sur la piste d'entraînement des trotteurs, l'autre, une large baie, donnant sur la forêt, pourvu d'une kitchenette bien conçue, de placards de rangements rationnels, d'un coin complet de toilette avec douche, le tout flambant neuf ; et la partie salon-chambre avec une table et deux chaises. Que demander de plus ? Elle était ravie. Il y avait même deux longues étagères pour les livres !

Elle avait une semaine pour se préparer à emménager.

Son arrivée coïncidait avec celle de Peter. Il devait achever ses derniers entraînements avant son concours international de jumping, fixé début novembre. Il lui restait trois semaines.

Harold, de quatre ans plus jeune, aurait bien voulu participer à cet événement sportif, mais il ne se sentait pas encore d'un niveau suffisant pour concourir. Par contre, il adorait accompagner son cousin et s'exercer au saut d'obstacle avec lui.

Peter avait d'ores et déjà annoncé à James qu'il était en possession d'une lettre importante, remise à son père par Lord Somerbird, et destinée à la grand-mère de Camille.

Quelques jours plus tôt, à la demande de David, John s'était rendu dans le Yorkshire pour voir son grand-oncle. Celui-ci lui avait remis une imposante enveloppe accompagnée d'une lettre, de sa main, à l'intention de Diane. Le vieux lord avait insisté sur l'importance de la remettre personnellement à sa destinataire. David avait remis à son neveu un bâton de cire rouge foncé, et c'est John qui avait cacheté le pli. Lord Somerbird y avait apposé son sceau.

John avait confié la précieuse enveloppe à son fils, juste avant son départ, avec maintes recommandations. Peter avait compris : il avait pour absolue obligation de ne pas égarer cette lettre, et qu'elle arrive à destination intacte.

Cela lui plaisait d'être investi ainsi d'une mission de confiance.

Le jeune homme arriva le dimanche soir.

Avant de s'installer dans la chambre qu'il occupait à chacun de ses séjours chez Mary et James, il s'enquit auprès de son oncle de l'existence d'un coffre-fort. Il s'en trouvait un dans le bureau directorial. Après avoir rassuré Peter sur l'inviolabilité de l'objet, ce dernier y déposa immédiatement l'enveloppe cachetée.

L'oncle souriait. L'attitude responsable de son neveu lui plaisait. Ce garçon était fiable, il retrouvait la personnalité de son frère, un homme sur qui l'on pouvait toujours compter.

Camille franchit la grande grille d'entrée du haras le lundi suivant, en fin d'après-midi.

Le coffre de sa petite voiture était plein : une grosse valise, une mallette d'instruments médicaux, un panier d'osier, rempli de provisions et de quelques plats à réchauffer au four... apparu après son court passage chez Diane !

Après avoir salué le couple Somerbird, elle se dirigea vers son home pour s'y installer.

Elle avait presque terminé lorsque l'on frappa à sa porte. C'était Peter, accompagné d'Harold. Ils venaient tous deux lui souhaiter la bienvenue.

- Bonjour Camille ! Tu emménages ? C'est bien, tu vas travailler ici à temps plein !

- Oui, Peter, je vais faire partie du personnel du haras, et j'en suis ravie. Mais, tu viens pour t'entraîner ? Je croyais le concours passé !

- Pas encore, ils l'ont reporté en novembre, pour des questions de sécurité je crois. D'un autre côté, cela va me permettre de m'améliorer encore, au moins d'essayer.

Harold regarda la jeune fille et lui dit :

- Mes parents organisent une soirée de bienvenue pour vous et Peter, ce soir, à 19 heures. Cela vous convient-il ?

- Avec plaisir, merci Harold !

- Ah j'oubliais - Peter se frappa le front -, j'ai déposé une lettre destinée à ta grand-mère dans le coffre de mon oncle. C'est de la part de Lord Somerbird dont je t'ai tant parlé. Il a convoqué mon père pour lui remettre ce pli... il ajouta plus bas : cacheté à la cire ! Ce doit être important. Donc, à ce soir Camille...

- Bien sûr Peter, je serai ravie de me rendre à l'invitation de vo...ton oncle, termina t-elle en riant. Elle se tourna vers Harold : pas trop dure la reprise des cours Harold ?

Le jeune garçon rougit ; il n'avait pas l'habitude que la jeune fille s'intéresse à lui... surtout quand Peter était présent !

- J'ai retrouvé tous mes copains de l'an dernier. Je n'ai plus qu'un an à faire. Après mon master à Sciences Po, j'envisage de seconder mon père au haras, m'occuper de la gestion ; encore faut-il que je sois reçu à l'examen final !

- C'est le même enjeu pour nous tous, reprit Peter. Mais toi, Camille, tu es libérée du stress lié aux examens, à présent !

- Détrompe-toi. J'ai choisi de m'occuper des chevaux, c'est plus complexe que les chiens et les chats ! Tu les connais assez pour savoir que les soigner n'est pas toujours facile.

- Tout le monde te trouve à la hauteur de la tâche qui t'attend, en particulier Max. Tu as ta place ici, et cela me rend heureux de savoir que tu seras là à chacune de mes visites.

- Merci, c'est vraiment gentil de me parler ainsi. À tout à l'heure les garçons ! Je termine mon rangement et je vous rejoins chez Mary et James.

Elle étrenna la douche, se maquilla légèrement, s'habilla soigneusement, vêtue d'une jupe indienne de soie noire, réveillée de quelques perles rouges, et d'un chemisier du même rouge, tout simple, ajusté à la taille qu'elle avait très fine.

Elle était bien jolie la petite fille de Diane, et son entrée dans la grande salle des Somerbird ne passa pas inaperçue ! Les regards s'attardaient sur la mince silhouette et le visage doré encadré d'une magnifique chevelure. On l'avait jusqu'à présent plutôt vue en jeans, bottes, blouse blanche... et queue de cheval (sans doute pour se sentir plus proche des animaux qu'elle soignait !).

Mary lui prit le bras et la guida au milieu de la pièce. L'ensemble du personnel avait été convié. En fait, la soirée était destinée à présenter à tous la nouvelle vétérinaire, leur collègue au sein du haras.

Voyant tout ce monde réuni pour l'accueillir, la jeune fille sentit ses yeux se mouiller. Elle souriait, serrait des mains, essayant de mémoriser des noms encore inconnus, faisait la bise aux secrétaires, à l'infirmière, à de jeunes lads qui l'avaient aidée lors de ses stages. Elle se sentait acceptée par cet univers du cheval, dans lequel elle était appelée à évoluer.

La porte d'entrée s'ouvrit doucement. Max apparut. Il s'était bien habillé lui aussi : costume gris, cravate prune, ses cheveux blancs bien coiffés, il voulait être à son avantage et cela marchait !

Il avança, les bras tendus vers sa protégée, un grand sourire, de la bouche aux yeux, en passant par toutes ses rides !

- Camille, je suis si heureux que tu aies accepté la proposition de James. Tu vas devoir me supporter quelque temps encore, histoire de faire la transition et d'affirmer ta présence, et après, tu voleras de tes propres ailes.

Elle se haussa sur la pointe des pieds et embrassa Max sur les deux joues.

- Merci infiniment pour tout ce que vous m'avez enseigné et apporté. Jamais je n'aurais autant appris sur les chevaux. Vous m'avez ouvert leur univers. C'est un honneur de travailler en binôme avec vous, de vous seconder. Je ne suis pas du tout pressée de prendre votre place, vous le savez. Mais quand vous déciderez de vous reposer, j'aurai à cœur de me montrer digne de votre confiance.

- Je viendrai vous voir en ami, vous savez que je ne peux me passer des chevaux. Il se pencha vers Camille et lui dit doucement : j'aurai moi aussi des « trucs » à leur dire à l'oreille.

- Je le sais, Max.

Mary avait préparé une jatte de sangria et tout le monde trouvait cela bien agréable.

Harold et Peter, à l'autre bout de la salle, amenaient un lecteur de CD.

Un orchestre de jazz américain emplit la pièce. Un joyeux brouhaha se mêlait à la musique. Après plusieurs morceaux divers, la trompette de Sydney Bechet incita les invités à danser, James et Mary montraient l'exemple.

Peter se dirigea vers Camille, le regard rivé au sien, pour l'inviter sur la piste parquetée improvisée.

Elle se sentait bien, évoluant au rythme du slow, dans les bras de ce beau jeune homme attentionné qui la dévorait des yeux. Il lui parlait doucement, presque à l'oreille, ses mots semblaient s'adapter à la douceur des sons :

- Tu sais Camille, j'ai vraiment apprécié ces mois d'été que j'ai passé au haras. Tu les as illuminés par ta présence. Lorsque je suis retourné chez moi, en Angleterre, je me suis aperçu... que tu me manquais. Je me remémorais nos conversations, nos rires, les anecdotes passionnantes sur les découvertes de ta grand-mère, ton regard sur les chevaux. Je te côtoyais chaque jour, je t'ai vue travailler avec Max, la façon dont tu l'écoutais, ton respect, ton courage face aux situations un peu périlleuses. En résumé, j'étais très occupé par mon travail en architecture, mais j'avais l'impression d'un grand vide. Tu es très spéciale tu sais, dit-il en la serrant plus fort contre lui.

- Cela me touche infiniment, ce que tu me dis là, Peter. On ne m'avait jamais dit autant de jolies choses. Je ne sais pas si je les mérite, mais cela me fait très plaisir de les entendre. Moi aussi, je t'apprécie pour ce que tu es. Je suis vraiment heureuse de te retrouver de nouveau.

Ils achevèrent leur danse en silence, mais une complicité nouvelle s'était emparée d'eux et chacun le savait. Ils savouraient ce premier moment d'intimité, dans les bras l'un de l'autre.

La soirée avançait. Les hôtes s'étaient joints aux jeunes gens qui savouraient de délicieux amuse-gueules concoctés par Mary et plusieurs convives féminines de ses amies.

Peter et Camille terminaient la soirée au Perrier.

- Qu'ils sont raisonnables ces jeunes gens ! lança James en avisant les petites bouteilles vertes munies de pailles.

- Oh ! Ne vous méprenez pas, Monsieur James. Nous avons fait honneur à la sangria... mais comme je travaille demain, je préfère être sage !

- Camille, Peter a dû vous en parler, j'ai un pli à vous remettre. Lorsque vous rendrez visite à votre grand-mère, vous n'oublierez pas de me le réclamer.

- J'y penserai Monsieur, Peter m'en a informée. Je vous remercie de m'avoir conviée à cette belle soirée.

Les invités prirent congé et regagnèrent leurs diverses résidences, accompagnés par quelques hennissements des pensionnaires du haras se rappelant à leur souvenir.

Camille regagna son studio. Elle s'endormit en repensant aux moments qu'elle venait de vivre avec Peter. En la quittant, il l'avait entourée de ses bras et embrassée sur la joue, à la naissance du cou, avec tendresse. Elle n'avait pas connu jusqu'alors, dans ses histoires amoureuses plutôt courtes, cette complicité toute en douceur. Peter était un romantique... C'était nouveau pour elle et elle aimait cela.

Elle se plongea dans son travail avec ardeur. Max arrivait en début d'après-midi, lui laissant la matinée pour s'organiser à sa guise. Elle prenait ses repères, l'ambiance au haras était rassurante et amicale.

Peter reprenait consciencieusement son entraînement. Il désirait peaufiner son parcours, améliorer la qualité des sauts plus ou moins difficiles, pour arriver au « sans faute » tant convoité.

Camille, après son travail, venait parfois le voir s'entraîner. Elle se rendait compte de sa progression. Les franchissements d'obstacles semblaient plus aisés, il se tenait droit sur ses étriers, maniait les rênes souplement.

Il avait de l'allure, le cavalier blond.

XVI

Diane était dans le train. Après un retard d'une demi-heure au départ, le TGV filait à toute vitesse vers le Midi.

Levée dès l'aube, elle avait posé sa tête fatiguée contre la vitre, ayant réussi à obtenir une place côté fenêtre.

Le train longeait une zone industrielle... affreuse, annonçant la proximité d'une grande ville, en l'occurrence Lyon. Tout le long de la voie, défilaient des panneaux publicitaires immenses et tagués, des monceaux de pierres, de terre, une casse automobile. Seul, perdu sur un terre-plein de détritus, un arbrisseau misérable et décharné s'épuisait à vivre. A quelques centaines de mètres de la voie, des tours de béton s'élevaient, en accord avec l'environnement. Des gens vivaient là, au-dessus de containers multicolores, crasseux et rouillés, vides ?, pleins ? Si oui, de quoi ?, jouxtant des locaux industriels, sortes de cubes plus sales les uns que les autres. Ici, pas de verdure, pas d'arbres. Rien ne pousse dans la laideur... On n'y fait vivre que des humains... pas des nantis bien sûr ! Hommes, femmes et enfants, sans une once de beauté à portée de regard.

Diane avait le cœur serré en imaginant ces êtres qu'elle ne connaissait pas. Elle osait espérer qu'ils pouvaient s'évader de cet habitat et profiter de lieux plus réconfortants durant le jour.

Une vraie maison, un jardin fleuri où se ressourcer, observer et écouter les oiseaux... elle se dit qu'elle avait de la chance, elle, de posséder cela. Et puis, elle allait retrouver ses enfants, Alexandra et sa famille, alors...

« Ma pauvre fille, se dit-elle, tu ne peux pas changer grand-chose à la misère du monde... profite donc du moment présent ! Tes enfants ont envie de te voir sourire ! »

Elle reprit son livre abandonné sur la tablette, une biographie très documentée de la vie de Conté, le Normand inventeur des mines de crayon, mais aussi de ballons à oxygène, aérostats et autres découvertes aussi utiles que sophistiquées. Il avait été remarqué et décoré par Napoléon Bonaparte lors de la campagne d'Égypte. L'auteur, Anne-Sophie de Boisgallais, réussissait la performance d'intéresser le lecteur sans le lasser malgré les termes techniques liés à l'accumulation des inventions de ce génie.

Levant les yeux, Diane sourit en découvrant le beau paysage qui défilait maintenant au rythme du TGV.

On traversait la Drôme, ses vallons, ses prairies, ses bois rappelant le Perche ; mais ici, tout était plus grand : collines plus hautes, champs plus vastes aux séparations sculptées de haies touffues et de forêts ondoyantes. Harmonie et douceur. Elle adorait cette région et n'en perdait pas une miette à chacun de ses voyages dans le Midi.

Des troupeaux placides de vaches à robes claires, paissaient sur les herbages d'un vert profond. Tout semblait luxuriant. L'été chaud et pluvieux plus qu'à l'accoutumée, avait nourri la végétation éclatante en ce début d'automne ; çà et là, posées au détour d'une courbe de prairie, ou adossées à un vallon, quelques habitations entourées d'arbres semblant les protéger, ajoutaient la touche ocre de leurs murs et le rose de leurs toits de tuiles, à ce paysage impressionniste.

Après quelque temps, la gare d'Aix s'annonça.

Diane avait oublié sa fatigue. Un peu engourdie, elle descendit précautionneusement du wagon, aidée par un voyageur complaisant qui lui passa la valise.

Elle fit une courte pause sur le quai, se redressa pour empoigner et traîner son bagage à roulettes. À vingt mètres devant elle, Alexandra, en tenue d'été, l'attendait, un immense sourire l'éclairant tout entière. Elle étreignit sa mère avant de s'emparer de sa valise. Diane allait profiter pleinement de ces quelques jours de bonheur volés à la solitude. Tous les longs mois d'absence étaient oubliés. Elle était heureuse.

XVII

Diane était revenue du Midi depuis une semaine, lorsque Margaud avait annoncé sa visite. Elle venait voir comment sa fille était installée dans son studio, au cœur du haras, et en profitait pour passer quelques jours chez sa mère, ravie bien sûr de l'accueillir.

Camille devait arriver le samedi midi, un peu avant Margaud.

La jeune fille avait pris le temps de contacter James Somerbird afin qu'il sorte du coffre et lui remette le pli destiné à sa grand-mère.

Dès qu'elle eût franchi le seuil de la maison de Mortagne, elle tendit l'enveloppe à Diane.

Celle-ci scrutait le sceau de cire, intriguée. Elle n'avait jamais eu l'occasion de recevoir un tel courrier.

La sonnette de l'entrée résonna avant qu'elle ne le brise. Elle ouvrit à Margaud, tout sourire, sac de voyage à la main. Camille accourut vers sa mère et les trois générations ainsi reconstituées se dirigèrent vers la salle à manger.

- Ma grande, tu arrives bien ! Je m'apprêtais à ouvrir cette lettre en provenance de l'Angleterre. C'est le sceau de Lord Somerbird, ajouta t-elle, voyant l'étonnement de Margaud. Camille a dû te raconter l'épopée du Code bleu, nos recherches, nos découvertes...

- Je suis au courant, tu penses ! Ma fille est trop passionnée par cette histoire pour la passer sous silence ! Ouvre vite maman !

Diane s'exécuta et retira une longue lettre manuscrite, accompagnée de plusieurs feuilles dactylographiées, apparemment tapées à la machine il y a très longtemps, eu égard aux caractères vétustes et irréguliers ; rien à voir avec les « polices » sophistiquées des ordinateurs actuels.

La lettre adressée à Diane, était rédigée par Lord Somerbird, en français.

Chère Madame,

Vous avez eu l'amabilité de me faire parvenir le double d'un document important en votre possession et je vous en remercie.

Comme vous avez pu en avoir connaissance par mon petit-neveu, James, j'ai trouvé une partition similaire à la vôtre, au fond d'un tiroir dans ma bibliothèque.

L'ancien propriétaire de ma demeure, ayant travaillé, comme moi-même, dans les Services secrets, et plus particulièrement dans le domaine des documents cryptés, je me suis renseigné auprès d'un ami, retraité depuis peu et chargé spécifiquement de classer et recenser toutes sortes de cryptages et de codes employés au cours de la dernière guerre, entre 1942 et 1945.

Vous serez surprise de constater que le code trouvé par vous, et sans nul doute inventé par votre père, a été utilisé, bien après son

- Je m'en doutais, murmura Diane. Le Code a été utilisé. C'est ce que je voulais savoir. Lord Somerbird manie la langue française beaucoup mieux que beaucoup de nos compatriotes, conclut-elle. Je suis vraiment émue par ce qu'il m'écrit. Franchement, je n'ai pas l'impression d'avoir fait des choses extraordinaires pour découvrir le Code bleu, mais...

Elle regarda sa petite-fille avant d'ajouter :

- Sans Camille, je ne crois pas que j'aurais pu mener à bien toutes ces recherches.

- Après déjeuner, nous découvrirons ensemble les documents joints à la lettre. Ils doivent avoir une certaine importance pour que Lord Somerbird ait jugé nécessaire de les envoyer sous pli cacheté. À l'heure actuelle, ils ont valeur d'archives, certainement, et je me sens honorée qu'il ait jugé souhaitable de me les communiquer.

- Peter m'a dit, reprit Camille, que Sir Somerbird était un homme fascinant. Il est très âgé, une fête a été organisée pour ses quatre-vingt-dix-sept ans à laquelle il avait convié sa famille, ainsi que beaucoup d'autres personnes, d'anciens collègues, membres retraités des Services secrets, d'autres ayant leurs entrées à Buckingham... bref, le «gratin» anglais...

- Camille !

- Mais oui, Madine, ce n'est pas péjoratif ! Ils peuvent aussi être gentils et sympathiques. Ils peuvent même rester simples parfois !

- Monsieur James, lorsqu'il est venu me voir, m'a laissé entendre effectivement que son grand-oncle était apprécié et respecté par la majorité de ceux qui le connaissent. Être aussi lucide et efficace à son âge, cela me laisse rêveuse ! Tous les humains ne sont vraiment pas égaux face à la vieillesse ! Cet homme en est un exemple. En attendant, mes enfants, venez vous restaurer. Nous découvrirons cet après-midi les résultats du travail de mon père.

Les trois femmes eurent vite fait de terminer leur repas. Elles se retrouvèrent autour de la table ronde du salon, Margaud et Camille de part et d'autre de Diane.

Elle saisit le premier feuillet dactylographié et se mit à lire :

<u>Document n° 1</u>

Après décryptage d'un message sur une partition pour piano, nos services ont été avisés de l'arrivée d'un convoi en provenance d'Allemagne, en gare de L'Aigle, le 18 mai 1943, à 23 h.

À la suite de l'attaque aérienne par l'aviation alliée d'une maison isolée dans la campagne normande, réquisitionnée par des officiers Allemands, ceux-ci abandonnèrent les lieux dans la panique. L'un d'entre eux revint sur ses pas afin de récupérer une sacoche contenant des documents importants. Au moment où il ressortait, un obus fit éclater la porte d'entrée. Il s'écroula.

La Résistance, alertée par les aviateurs anglais, se rendit immédiatement sur les lieux et découvrit l'homme mort et la sacoche qu'il tenait encore à la main.

Une fois traduits, les documents furent cryptés sur une partition musicale et expédiés à destination d'un conservatoire londonien dont les dirigeants étaient en rapport avec les Services secrets.

Le convoi consistait en armes lourdes, instruments de détection, de sonars, de lunettes d'approche, de beaucoup d'instruments de mesures concernant la marine.

Le train en question n'arriva jamais à destination. La Résistance, confortée par l'aviation alliée et les réseaux locaux était parvenue à stopper le convoi. Après un bombardement intensif, le train en flammes avait déraillé. Rien n'était sorti des décombres : ni hommes ni chargement.

Les voies ferrées étant souvent bombardées, l'incident fut passé par pertes et profits chez les occupants, n'ayant pas eu vent du message annonçant ledit convoi.

Les autres feuillets faisaient état de deux autres interventions déjouées six mois plus tard à la suite de renseignements collectés, ceux-là, par les services anglais, et portés à la connaissance des réseaux normands afin d'intervenir rapidement, et ce, toujours par l'intermédiaire du Code bleu. Les partitions arrivaient chez un marchand de musique local, vendeur d'instruments et de partitions, et intégré dans un réseau nouveau, créé après le démantèlement du réseau de Jacques l'aviateur et l'arrestation de celui-ci.

Un long silence se fit. Diane se reprit la première.

- Voilà, nous savons toutes les trois maintenant que le Code bleu a été utilisé. Mon père n'a pas dû être informé de l'impact de son Code. À qui l'avait-il confié ? Nous ne le saurons jamais. Entre les membres du réseau qui ont été arrêtés, déportés et ceux qui avaient eu le temps de se cacher après la trahison de l'Anglais... Peut-être avait-il eu le temps de le remettre à quelqu'un de sûr.

- Camille, je t'autorise à informer ton ami Peter du contenu de l'enveloppe dont il a assuré le transport. Tu m'as dit qu'il se sentait dépositaire d'une mission à mon encontre et je sais que cela l'intéressera de connaître le fin mot de cette histoire de code.

- Merci Madine, je le vois lundi. Il doit terminer son entraînement la semaine prochaine. Après, il repartira pour l'Angleterre pour participer à un concours hippique international, avant de terminer ses études d'architecture.

- Tu vas t'ennuyer lorsqu'il aura regagné son pays, vous vous entendez bien tous les deux, observa doucement Margaud.

- Oui, reprit Camille rêveuse, il travaillera en Angleterre et nous nous verrons lors de ses visites à sa famille, au haras... si je continue à y travailler. En tous cas, je m'y plais bien et tout le monde semble m'avoir adoptée. C'est déjà beaucoup, une telle ambiance dans le monde du travail, c'est assez rare actuellement ! Et puis, si j'ai un coup de cafard, j'ai Madine, tout près pour me remonter le moral !

- Bien sûr ma Camille ! Je serai toujours là pour toi, tes soucis... et tes peines de cœur...

Les trois femmes riaient. Elles se sentaient bien. Diane profitait pleinement de la présence de Margaud et de celle de Camille. Elle aimait ces moments de conversations à bâtons rompus, de rires... Elles refaisaient le monde. Tout comme lors de ses séjours chez Alexandra. Ces retrouvailles avec ses enfants la rendaient plus forte, lui donnaient le goût de vivre.

La vieille maison respirait la sérénité par toutes ses pierres. Elle avait pris son temps pour révéler ses secrets ; mais quelque part, les Esprits de Jacques l'Aviateur et de son épouse avaient guidé Diane, aidée de Camille dans leur quête de vérité. Elles avaient été récompensées de leurs efforts. Diane avait envie de profiter le plus longtemps possible de cette maison.

Elle connaissait complètement sa demeure maintenant, du sol au grenier. La nuit tombée, elle écoutait et comprenait son langage : les craquements de sa charpente, le chant du vent dans ses volets, les petits bruits des pattes de son chat, sur le parquet de la chambre bleue.

La maison vivait sa propre existence. Elle avait rendu le Code bleu qu'elle détenait depuis plus de soixante-dix années, invisible, caché dans les plis de ses rides.

Les parents de Diane y avaient vécu, s'y étaient aimés, avant que la guerre - « ce mal qui déshonore le genre humain » -, dans sa violence et sa barbarie, ne les sépare à jamais.

Maintenant, leur fille se sentait protégée entre ces murs rassurants, au milieu de ses livres, ses peintures... et son piano.

FIN

André Menut (alias Jacques l'aviateur)
d'après un dessin réalisé à la mine de plomb
par Bernard Quiène, son beau-frère.

En 1940, mon père, André Menut, entre dans la Résistance et dès la création du réseau Hector, le rôle de centralisateur du Service de Renseignements lui est confié.

Début 1941, il est chargé de la liaison avec les agents des services de la France Combattante. Il centralise et contrôle les renseignements fournis par différents réseaux, tâche dangereuse s'il en est. Il se rend à Saint-Germain-en-Laye afin de contacter l'agent anglais Davies alors très surveillé, en plein territoire ennemi. Il se rend également à Caen pour assurer la liaison avec l'Angleterre.

Le 12 juin 1942, vers 18 heures, deux Allemands en civil viennent l'arrêter à l'Hôpital de Mortagne où il travaille en qualité d'Économe.

Au cours d'une perquisition effectuée à son domicile rue des Déportés, ceux-ci découvrent, sur les indications de Davies, arrêté précédemment, des documents cachés sous la tapisserie d'une chambre à coucher. Parmi ces documents figure un code permettant de chiffrer les messages avant leur remise aux agents anglais.

Incarcéré à Fresnes jusqu'au 8 juillet 1943, mon père sera déporté au camp de Natzviller-Struthoff, avec les cinquante-cinq premiers déportés français.

Les mauvais traitements, un travail harassant entre autres souffrances, ont eu raison de sa santé, et il meurt d'épuisement le 30 novembre 1943 (jour de la saint André), à trente et un ans.

Je tiens à signaler ici, le courage dont il a fait preuve. Il savait que Davies avait parlé, qu'il avait « donné » le Réseau, dont plusieurs de ses membres ont pu se cacher et échapper à la mort. Cependant, il est resté dans son bureau, s'attendant à être arrêté, mais ne voulant pas générer par sa fuite des représailles éventuelles sur ma mère et moi-même, alors âgée d'un an.

Écrire une suite imaginée - ou peut-être réelle, qui sait ?-, à ces faits dramatiques, est, pour moi, sa fille, une façon de rendre hommage à la mémoire de mon père. Je l'ai toujours considéré comme un héros ; confortée dans cette admiration par Jean, mon papa d'adoption. Résistant lui aussi, il transportait des armes par les toits pour le maquis d'Alençon ; arrêté, embarqué dans un wagon pour être requis et voué au STO, il a réussi, avec l'aide de trois autres maquisards, arrêtés comme lui, à en scier le plancher et à s'évader.

Toute sa vie, Jean a honoré le souvenir de mon père, nous conduisant, ma mère et moi, en une sorte de pèlerinage, au Struthoff, ce camp situé dans une contrée montagneuse où la rigueur du climat s'ajoutait encore aux horreurs subies par les déportés.

Mars 2024

Dix ans se sont écoulés depuis l'édition première du Code bleu.

Lors de sa parution, j'avais omis de mentionner le nom de famille du père qui m'a élevée, sept ans après le décès d'André Menut, en déportation, en épousant ma mère.

Jean LAUNAY était très connu et apprécié, tant pour ses qualités humaines que professionnelles.

Il gérait une entreprise familiale de couverture à Alençon et ses toits, notamment d'ardoises grises voire violettes étaient réputés au-delà du département.

Une sœur et un frère accompagnent désormais, avec leurs enfants et petits-enfants, ma vie de mère et de grand-mère. Notre famille est un bonheur pour moi et une aide à supporter les aléas multiples de ce vingt et unième siècle.

REMERCIEMENTS

À mon frère Dominique et à Nicole,
pour leur lecture affectueuse et objective.

À Monique, pour ses encouragements et son pragmatisme.

À Liliane et André, Annick, Mimi, Dominique, Inès,
Monique et Jean-Pierre, Muriel, Mado et Henri,
sans oublier Laurence
qui m'a réservé une place dans son joli
salon de thé pour me permettre de travailler
loin des aboiements lancinants d'un chien du voisinage !

Et à tous mes amis, lecteurs ou non,
qui faites partie de ma vie et sur lesquels je sais
pouvoir compter dans les bons et mauvais moments.

Plaque du Pavillon André-Menut à l'hôpital de Mortagne-au-Perche

*Photo de couverture : la rue des Déportés à Mortagne,
qui garde la mémoire des héros de la Résistance.*

RÉSEAU HECTOR

Direction parisienne
Alfred HEURTAUX
Gilberte de MARTRAY

Arthur Bradley DAVIES, agent de l'Intelligence Service, adjoint
Georges FONTAINE, liaisons province-Paris et Paris-province

Secteur de Tours : Jacques Planchais, chef de secteur
Secteur de L'Aigle : Marcel Grosse, chef de secteur
Secteur de Rugles-Ambenay (Eure) : Pierre Lacombe, chef de secteur
Secteur de Vimoutiers : Raymond Choulet
Secteur de Flers : Roger Koebel, chef de secteur
Secteur du Mesle-sur-Sarthe : François Mousset, chef de secteur
Secteur d'Alençon : Édouard Mars, chef de secteur
Secteur de Mortagne :
    Octave Colombet, chef de secteur
    Michel Simon, adjoint et responsable des agents de liaison
    André Menut, centralisateur
    Jacques Henriet, responsable des agents de renseignement
    Pierre Mulot, chef du contrôle ferroviaire
    Pierre Keraen, sabotage du ravitaillement allemand et corps francs
    Parmi les agents de renseignements : Albert Chouet, Jacques Cochemé,
Germain Crajer, Alexis Dubois, Henri Évrard, Marius Florack, Raymond Henriet,
Robert Hervé, Paul Huet, Bernard Monnier, Mlle Planchais, Attilio Pavisi, Bernard
Perillou, André Simon...

Asiles radio/hébergement :
Richard Ganivet, chef du service de protection
Louis Grenier, Maurice et Émilienne Guibert, Jeanne Le Traon, Maurice Maigret

Émission radio :
Arthur Bradley Davies, responsable des émissions radio
Pierre Drouet (Alençon), André Moreau (Mortagne) : radio auxiliaires

Organigrame du Réseau Hector dans l'Orne.
Source : Colonel Duprez et Association des Amis du Perche

Chez Anépigraphe éditions

Marie-France Comte, *Normandie Connexion, le trafic de calva*, nouvelle édition augmentée et corrigée, 2023

Marie-France Comte, *Tourangeau, Marinier sur la Loire*, tome 1, nouvelle édition, 2023

Marie-France Comte, *Le Colporteur et le marinier des bords de Loire*, tome 2, nouvelle édition, 2024

À paraître

Marie-Hélène Barbier, *La Petite Rebelle*, 2024

Marie-France Comte, *Aflio*, 2024

Marie-France Comte, *La Fabrique de frivolité*, nouvelle édition, 2024

Imprimé par BoD Allemagne

FSC
www.fsc.org
MIXTE
Papier issu
de sources
responsables
Paper from
responsible sources
FSC® C105338